Gaea

Gaea

星子——著

乩身 II

①

神選中的少年，鬼養大的孩子

乩身 II

楔子

夜晚荒郊一處鐵皮工寮，小窗透出的光黯淡昏黃、閃爍搖曳。鐵皮屋內一片凌亂，本來釘在牆上的層架全折毀了，連同雜物散落一地。

幾面牆寫滿暗紅色的字，全是同樣幾句符籙經文反覆抄寫，偶爾夾雜一句話——「柳姑助我報仇，來生做牛做馬」。

密密麻麻的紅字帶著腥味，且濕濡濡地沒有乾透，某些字跡筆畫甚至往下滴流，彷如血淚流淌。

工寮中央有兩個人，一男一女。

女人平躺在地，兩眼圓瞪、嘴巴微張，似已斷氣。她的雙腕上分別有一道極深刀口，淌流而出的鮮血將她一身白衣染紅大片。

男人癱坐在女人身邊、坐在女人血裡。左手抓著一面小鏡、右手捏著一支寫禿了的毛筆。

他臉額和胸口也寫著相同的符籙和同樣一句話：「柳姑助我報仇，來生做牛做馬」。

他愣愣望著女人雙眼，顫抖地拋下筆、站起身，走去角落拖來板凳和一件白襯衫，回到女人身邊。

他穿上白襯衫，扣上一枚枚鈕子，染血雙手將白襯衫沾染得污紅不堪。

他踩上板凳，面前垂著一圈事先結好的繩圈。

他將腦袋套過繩圈，從口袋取出一柄小刀，先劃開左腕，再劃開右腕。

然後雙手握著小刀，劃開頸子。

最後才踢倒板凳，垂吊在空中搖晃。

他口唇微微顫動著，努力用只有自己能夠辨識的氣音，呢喃著：「姜俊彥，我要你全家不得好死……」

壹

傍晚時分，巷口自助餐店裡只有三位客人——一對夫妻和一名少年。

少年坐在角落，盯著手機扒食飯菜。他身形削瘦、眉清目秀，但神情略顯疲倦，像是長期熬夜般。

這個暑假結束之後，他就升高三了。

少年姓姜，姜洛熙。

「啊——」自助餐老闆娘本來倚在角落桌邊托著臉頰看電視新聞，突然打了好長一個哈欠，跟著挺站起身，轉進廚房，半晌後托著一盤滷蛋出來，來到姜洛熙身旁，從盤中挾起一顆滷蛋放他菜盤裡。

「少年喲，發育期吃營養點，老太婆，不……老闆娘請你吃蛋。」老闆娘這麼說，朝姜洛熙呵呵一笑。

「呃……」姜洛熙覺得此時老闆娘眼神有些陌生，和平常見到的老闆娘不太一樣，但也沒說什麼，朝她點了點頭，挾起滷蛋咬下一半。

好香。

姜洛熙吃完晚餐，來到一家中藥舖，點開手機，指著手機螢幕上一份藥方，請藥舖老闆照著抓七帖。

藥舖老闆皺眉看著那份藥方，立時認出眼前的姜洛熙，上週他也來抓了同樣七帖藥。

「同學，你這藥方到底要治什麼的？」藥舖老闆皺眉問：「我從來沒看過這種藥方？這是給誰吃的？」

「我自己吃的。」姜洛熙面無表情說：「據說連吃七七四十九天，可以看見鬼。」

「啥！」藥舖老闆瞪大眼睛，哈哈大笑。「你聽誰說的？」

「聽一位通靈師父說的。」

「通靈師父？同學，這種鬼話你也信？」

「我沒說我信啊。」姜洛熙說：「但不試試看怎麼知道？不然吃什麼才能見鬼？」

「我不知道世上有讓人見鬼的藥方。」藥舖老闆笑著說：「你想見鬼？」

「嗯。」姜洛熙點點頭。

「同學，你是不是小說看太多啦？」藥舖老闆笑得合不攏嘴。「你想見什麼鬼？」

「我想見我阿公。」姜洛熙淡淡說：「他過世了，我有些話想問他，所以想見他。」

「……」藥舖老闆聽姜洛熙這麼說，也只能將滾到口邊的冷嘲熱諷硬吞回肚子裡，抓抓頭說：「你真的相信這藥能見鬼啊……你買回去都怎麼吃？」

「五碗水煮成一碗水，放涼之後再加水稀釋成一瓶，擺冰箱想到就倒一杯當茶喝，一帖藥煮一瓶，一天喝一瓶，所以下週我還會再來。」

「嘖嘖……」藥舖老闆滑了滑姜洛熙手機螢幕上那帖藥方，猶豫半晌，喃喃說：「反正這幾樣東西吃不死人，你想吃就吃吧。」

藥舖老闆喃喃說完，開始抓藥。

十分鐘後，姜洛熙提著藥包步出藥房。

後頭中藥房老闆追了出來，嚷嚷喊著：「等等、等等——」

姜洛熙停下腳步，轉頭望著中藥房老闆。

「這是送的。」中藥房老闆抓著一把梅餅，塞進姜洛熙手中藥袋。「配著藥吃，比較不苦，當零食吃更好吃喲，呵呵呵……」

「謝……」姜洛熙還沒來得及道謝，只見中藥房老闆已經轉身回去。

他望著中藥房老闆背影，只覺得中藥房老闆神情語氣，和剛剛在店裡時也不太一樣，倒是和先前自助餐老闆娘替他加菜時的模樣有點像。

這是怎麼回事？

他聳聳肩，懶得多想，反正這些梅餅確實挺好吃。

他路過人潮擁擠的觀光文創街區，轉進鄰近某條巷弄，在一間飲料店店面旁小鐵門前，取鑰匙開門上樓。

二樓鐵門欄杆上貼著滿滿的廢紙，他開門進屋，客廳裡暗得有如深夜。

姜洛熙將家中每一扇窗戶都貼滿廢紙，為的正是阻擋陽光進屋。

因為山哥說，靈壺怕太陽。

倘若讓靈壺曬著陽光，裡頭的守護靈就會生長遲緩。

靈壺是一只拳頭大小、黝黑色的小茶壺，擺在餐桌旁的小神龕裡。

過去，小神龕裡供的是菩薩像和阿嬤的牌位，但姜洛熙阿公過世後，阿嬤牌位被姑姑帶回自家，與阿公一同供奉，小神龕裡便只剩菩薩像了；直到前兩週，姜洛熙按照山哥指示，取出菩薩像，用垃圾袋和膠帶嚴實包裹，扔進了垃圾車。再將靈壺放上神龕主位，早晚祭拜，直到今天。

姜洛熙提著藥材上廚房燒水，有模有樣地熬製藥湯，期間還開冰箱，倒出一杯冰涼涼的藥湯喝著——這幾樣藥材熬成的藥湯本便不太苦，加入冰糖經過冷藏，倒是不難喝。

即便如此，他還是揭開一片梅餅咬了一口。

中藥房老闆說得沒錯，這些梅餅確實好吃。

他幾口喝完藥湯，吃下剩餘梅餅，調整爐火，來到餐桌旁的神龕前，朝著神龕上的靈壺拜了兩拜，捧起靈壺來到客廳桌前入座。

靈壺壺嘴上纏著一圈褐色布條，肖似某種封印。

他揭開壺蓋，瞧瞧裡頭，裡頭是一團褐紅色的黏稠物，肖似手術割下的腫瘤。

「守護靈——」姜洛熙恭恭敬敬地問：「你聽得見我說話嗎？」

他連問數次，都得不到回應。

他有點失望，仍緩緩將手指伸入壺內，輕輕觸著壺裡褐紅肉瘤。

本來動也不動的肉瘤，被姜洛熙輕點了幾下，像是醒了，先是顫抖幾下，跟著蠕動包裹住姜洛熙半截指尖。

姜洛熙感到指尖微微發麻，他知道肉瘤開始「用餐」了。

他盯著壺中那裹著他半截指頭的肉瘤，緩緩地脹大，再緩緩收縮，彷如心臟跳動，但緩慢許多倍。

他耐心等待了十來分鐘，忍不住發問：「守護靈，你吃飽了嗎？我可以把手拿出來了嗎？」

他仍然沒有得到回應。

這肉瘤食量越來越大了——兩週前，他第一次餵食壺中肉瘤時，肉瘤還不像是肉瘤，更像是肉乾，乾乾癟癟。當時他用美工刀劃破指尖，擠出幾滴血滴在「肉乾」上，足足等了數分鐘，肉乾上幾滴血才被吸收殆盡。但沒過兩天，不管他往壺裡擠入多少血，都在滴上肉瘤的瞬間即被吸收乾淨。

山哥說，供養守護靈最重要的一點，就是餵飽他。

守護靈吃飽了，才能修煉成長、才有力氣替主人做事。

例如尋找失聯的親友，甚至是已逝親人的亡靈。

姜洛熙想見過世的阿公一面，他有很重要的事情想問阿公。

相反地，守護靈倘若時常捱餓，不僅能力難以提升，甚至會仇視主人。

當初山哥將兩只靈壺交給他和吳立南時，只教兩人用刀片劃破手指、擠血餵食，等壺中守護靈醒了，便會開口說話、會親口交代後續餵養方式。

吳立南的守護靈沒兩天就能說話了，還指示吳立南將手指伸進壺裡，讓壺中肉瘤直接吸食鮮血；吳立南說直接用手指餵食守護靈，比用刀片割指輕鬆多了，一點也不疼，只是麻滋滋的。

然而姜洛熙的守護靈卻一直靜默無聲，他覺得或許是自己前幾日擠入壺裡的鮮血不夠，壺中肉瘤營養不良。

為此他特地上網路惡補了幾支抽血教學影片，還上藥局買針筒，但自己嘗試了老半天，也沒抽出多少血，還把手腳扎出一堆針孔，無奈之餘，想起吳立南電話裡說過的話，便也有樣學樣地伸手進壺，輕輕摸著肉瘤，但肉瘤仍沒反應。

那時他索性用刀片劃破指尖，重新伸入壺裡。

肉瘤終於有了反應，裹上他指尖，輕輕吸吮起來。

那晚，肉瘤只吮了他指尖兩分鐘，便鬆開他手指，像是飽了。

接下來幾天，肉瘤每日吸吮他指尖的時間越來越長，形狀也變得鼓脹飽滿，但依舊沒開口說話。

「守護靈，我去廚房看看藥……」姜洛熙試圖抽了抽手指，感到肉瘤依舊吮得十分緊實，他莫可奈何，只能一手托著靈壺，上廚房顧爐火，又等了半小時，這才關了爐火。

他端著靈壺，往三樓走。

三樓有兩間房，是他和阿公的房間。

廊道上的小窗同樣貼滿廢紙，他來到自己臥房，臥房內的窗戶倒是沒貼東西——平時他很少將靈壺帶上三樓，白天只要關上門，就能避免讓陽光從房間窗戶透入家中。

他將靈壺擺在書桌上，右手食指仍放在壺內任肉瘤吸血，用左手滑著手機，滑著滑著，覺得睏了，便伏在桌上閉眼休息。

他很快進入了夢鄉。

貳

四周陰森昏暗。

五歲大的姜洛熙坐在媽媽的梳妝台，望著鏡子裡的自己呵呵地笑。

笑得極其猙獰恐怖，他嘴邊沾著一圈血跡，像是用餐中的猛虎惡狼。

他抬起雙手掐摳起自己眼耳口鼻，彷彿將自己小小的臉蛋當成玩具玩弄，力道之大，將他的五官都捏擠得變形了——這何止是當成玩具，更像是當成仇人了。

但即便如此，他的雙眼仍透出笑意。

他雙手掐住自己的頸子，漸漸加重力道。

他的臉色開始發青，一雙眼睛卻更顯得猙獰興奮。

「嘶——」

姜洛熙睜開眼睛，長長吸足一口氣，下意識撫了撫自己頸子。

這是他不知第幾次夢見自己掐自己了。

他年幼時，偶爾會夢見這個夢。

阿公去世後，這個夢出現的頻率大大增加了。

且一次比一次真實，掐頸時的窒息感，也愈漸強烈鮮明。

他撫著頸子，望著窗外陽光發了幾秒呆，突然想起什麼，連忙起身拉上窗簾——他昨晚關掉爐火，帶著靈壺上樓進房伏在書桌小歇，竟就這麼一睡到隔天。

他回頭望向書桌，生怕昨晚帶進房的靈壺被陽光曬壞了，但他左顧右盼半晌，卻沒瞧見靈壺，他以為自己睡夢中不小心將靈壺翻下桌，連忙拉開椅子翻找書桌周遭，仍沒找著靈壺。

他一路找出房、找下樓，來到陰暗的二樓餐桌前，這才發現靈壺好端端地擺在神龕上。

連揭開的蓋子都蓋上了。

他站在神龕前目瞪口呆，起初百思不得其解，跟著猛地醒悟，對著靈壺喃喃說話：「守護靈！是你自己把靈壺擺回來的對不對？對不起，我昨天睡著了……守護靈，你聽得見我說話嗎？」

他連問數次，依舊得不到回應。

他捧起靈壺，揭開蓋子，只見裡頭的肉瘤明顯「長大」許多，幾乎塞滿壺內全部的空間，他有些訝異，只覺得繼續餵養下去，這肉瘤可要「滿」出來了。

他拿起手機，想問問吳立南的守護靈這兩天又說了什麼，有沒有交代後續餵養方式、需不需要更換新壺等等瑣事。

他還沒按下通話鍵，吳立南已經早一步打來。

電話那端的吳立南，說山哥想看看兩人靈壺情況，但靈壺怕光，白晝不宜出門，所以約兩人晚上見。

□

晚上八點，姜洛熙與吳立南在台南市區一條小巷前會合。

姜洛熙將腳踏車停在吳立南那輛新機車旁，微微詫異問：「你偷騎你爸的車？」

「我爸跑路了，這是我的車。」吳立南得意地豎起大拇指戳戳自己胸口。「我媽前兩天買給我的。」

「你不是說你媽不讓你騎車？說你要等到十八歲考到駕照才能騎嗎？」姜洛熙問。

「之前是啊。」吳立南嘴角勾起神祕微笑，拉高側背包提帶，指著鼓脹脹的背包，說：「我的守護靈在我媽睡覺的時候，對著她耳朵說了一整晚話，說服她買車給我。」

「還能這樣啊……」姜洛熙低頭瞧瞧自己提袋，眼神微微流露出失落。「我的守護靈到現在都沒開口說過話……」

「不會吧。」吳立南誇張地說：「你壺裡的東西還活著嗎？該不會被你養死了吧？」

「沒死啦……」姜洛熙將自己昨晚被靈壺吸了一夜血，直到天明驚醒時，卻發現靈壺自己歸位的事情講了一遍。

「所以你的靈壺已經可以自己行動，但不會說話？」吳立南打著哈哈說：「難道是個啞巴？」

「你這樣說話，說不定他聽得見。」姜洛熙搗緊提袋，似乎對吳立南得意洋洋且出言不遜有些不以為然。「等等問山哥就知道了。」

他還沒說完，山哥已遠遠朝他倆走來，揚手向兩人打著招呼。

山博旭三十來歲，身形瘦高，穿著潮牌T恤、牛仔褲，蓄著短鬍、胳臂上刺著幾句神祕文字刺青，儼然是個時尚雅痞。

□

昏暗咖啡廳角落，山博旭一會兒伸指按在姜洛熙手腕上替他把脈，一會兒要他撩高劉海要看他印堂、還觀察他掌紋好半晌，喃喃說：「真奇怪，你八字不錯、體質也好，不可能看不見守護靈啊，連阿南都看得到……」

山博旭這麼說時，與姜洛熙一同望向吳立南。

吳立南臉色發白，低著頭端坐一旁，大氣也不敢吭一聲。

在此時吳立南眼中，這四人座位除了他和山哥、姜洛熙三人之外，另外還有三位朋友，分別是一個五歲孩童、一個削瘦男人，和一個長髮女人。

五歲孩童坐在桌上，是吳立南靈壺裡的守護靈。

長髮女人坐在山哥旁邊空位上，挽著山哥胳臂，將腦袋倚在山哥肩頭，她是山哥的守護靈。

削瘦男人則是姜洛熙靈壺裡的守護靈，此時站在姜洛熙身後，直勾勾地盯著吳立南，雙眼冰冷怨毒——像是記恨剛剛吳立南取笑他「啞巴」。

「可是……」姜洛熙順著山哥視線回頭望，茫然地說：「山哥，你說我的守護靈現在就站在我背後？可是我完全看不到他，也從來沒聽過他開口對我說話。」

「他說他一直在對你說話。」山博旭這麼說，和那身旁長髮女人交頭接耳幾句，對姜洛熙說：「我的守護靈說，你身上帶著法咒，所以你看不到鬼、聽不見鬼聲——你小時候有被法師加持過？」

「我不知道……」姜洛熙喃喃說：「我完全沒有這方面的記憶，只是……偶爾會做一些夢。」

姜洛熙說，自從阿公死後，他時常夢見童年時的自己，但幾乎都是惡夢，例如他常夢見自己坐在鏡子前，一面獰笑，一面掐自己脖子。

又或者夢見早逝的父母，及當年的姑姑和阿公，但他們望著他的神情都極其驚恐害怕，彷彿都將他當成妖魔鬼怪般。

他還會夢見一個個面目猙獰的傢伙，揪著他頭髮和手腳，痛罵他的父母是惡毒的騙子，害許多人家破人亡——

這個夢，最讓他耿耿於懷。

過去阿公時常告訴他，爸爸媽媽是樂於助人的大善人，是人見人愛的好夫妻。

「嗯。」山哥說：「我記得你說你想見阿公一面，就是想當面向他問清楚，你爸爸媽媽過去究竟是什麼樣的人。」

「對。」姜洛熙點點頭。

自然，正常情況下，是不會單憑惡夢就扭轉對父母的印象，但他年幼時父母就死了，他對父母的印象全來自阿公口述，然而阿公生前有一段時間，腦袋變得不太清楚，有時會說出一些令他摸不著頭緒，且和過往說詞有些矛盾的事情。

有次阿公拉著他的手，正經地告誡他，要他千萬不要像爸爸一樣騙人家的錢，會有報應的。

又有一次，阿公在睡前緊張兮兮地叮囑他，如果半夜睡覺聽到有人喊他，千萬不要搭話，那些東西全是爸爸的仇人，是從陰間爬上陽世來找他報仇的厲鬼。

然而阿公有時腦袋清醒，又笑呵呵地解釋那些話只是隨口胡謅的玩笑話，說他的父母是大好人，幫助過很多人，要他像父母一樣，長大後也要當好人——

而且千萬不要害人，會有報應的。

後來，在阿公的喪禮上，姜洛熙見到了許久未曾謀面的姑姑，那時他問姑姑，爸爸媽媽生前究竟是什麼樣的人。

姑姑沉默好半晌，像是猶豫該怎麼回答這個問題，最後也只是搖搖頭，說過了很多年，她已經不記得以前的事了。

姑姑要他別想太多，要他照顧好自己。

阿公生前便將那棟透天老公寓過戶到姑姑名下，條件是倘若阿公有個萬一，姑姑得照顧姜洛熙到成年為止。

在阿公喪禮上，姑姑面有難色地對姜洛熙說她家沒有多餘的空房，兩個女兒也大了，和姜洛熙同房實在不方便。

姜洛熙表示自己可以照顧自己，他十分樂意繼續住在老宅，這是他從小長大的地方，是他的家。

姑姑放下心頭大石，說她會供姜洛熙高中到大學的學費，而姜洛熙則代替阿公每個月向一樓飲料店收取房租，作為平日生活費和零用錢。

姑姑還對他說，等他大學畢業之後，她會賣掉那間透天老公寓，到時候會分他一些錢，看是要創業還是當成購屋頭期款都行。

姜洛熙對姑姑說，自己將來出了社會，有收入之後，可以付姑姑租金，繼續住在老家裡，姑姑其實不必賣掉阿公的房子。

但姑姑說阿公生前其中一個心願，就是處理掉這間老屋，最好是拆掉蓋新房子。

姜洛熙並不懷疑姑姑這說法，因為阿公過世前幾天，也這麼對他說過——

「阿熙啊……之前阿公不搬家，是怕你阿嬤回來找不到人……將來阿公不在了，你出社會開始工作賺錢，就搬出去吧……不要住在這間屋子了……」

「為什麼？」

「因為……這間房子不是間好房子，阿公擔心你自己一個人住在裡頭，會發生不好的事……」

「什麼不好的事？」

「你阿爸當年……跟一些朋友有點誤會，要是哪天阿公不在了，我怕那些東西會來找你報仇啊……」

「阿爸的朋友，是誰啊？」

「這個你不要問……你只要記住，要是那些東西真找上你了，阿公又不在你身邊，就找許老哥幫你，他能救你……」

「許老哥，許老哥是誰啊？」

「他喲，他是我們姜家的恩人啊……」

即便姜洛熙滿腹疑問，但當時見阿公已經十分虛弱，也無法細究，只能紅著眼眶握住阿公的手，默默聽阿公叮囑他將來賺錢一定要腳踏實地，千萬不要騙人害人。

後來，每當姜洛熙在阿公房間裡翻看相本、看著一張張父母年輕時的照片，便愈想知道自己的父母當年究竟是什麼樣的人。

在阿公口中，爸爸古道熱腸、媽媽心軟善良，兩人最常做的事，就是救人急難，爸爸三不五時打跑欺負老人女孩的小流氓、救起溺水的孩子，媽媽則時常拯救路上的受傷貓狗，甚至是路倒病患。

這樣一對好得不能再好的善良夫妻，卻在他五歲時意外身故，雙雙離世。

但好得不能再好的善良夫妻，會和朋友產生什麼樣的誤會？

什麼樣的誤會，會讓原本的朋友，經過了許多年，仍要找對方後代報仇？

在阿公逐漸失智的那兩年裡，偶爾脫口說出的爸媽，和過去那些接近童話英雄故事裡的爸媽，似乎有些不太一樣。

為什麼這麼好的弟弟和弟媳，姑姑卻說對他們沒印象了。

為什麼姑姑在喪禮上望著自己的眼神，除了一部分的憐憫之外，還有更多的恐懼——

他注意到姑姑手腕上有圈傷疤，形狀像是人牙咬出來的。

這一個個零星瑣碎的小疑問，雖然和他往後生活無關，卻一直哽在他心頭，在阿公過去每晚的床邊故事裡，將他爸爸媽媽描繪成一對英雄俠侶，但這樣一對英雄俠侶，卻因為這些零星古怪的小端倪，而顯得有些失真。

他想找出答案，他想知道真正的爸爸媽媽是什麼樣子。

他很希望阿公說的都是真的。

他很快就付諸行動。

他試著向附近老鄰居詢問爸爸過往事蹟，有些老鄰居支支吾吾顧左右而言他，有些老鄰居酸溜溜地稱讚他爸爸很會賺錢，更有些老鄰居，像是不想直言，只是要他去找當年爸爸同學聊聊，那些同學和他爸爸更熟絡，更知道他爸爸的為人。

直到那時，他才驚覺自己的行動力比一開始所以為的更加旺盛，又或許是他平時對任何事情都提不起興趣，所以一旦確立了目標，便一心一意投入其中，絕難分心。

他甚至前往爸爸過去就讀學校的圖書館，翻出爸爸那屆畢業紀念冊，拍下同學們的姓名，再在網路社群裡搜尋同名帳號，比對交友圈、畢業學校，終於成功找著兩三位爸爸的同學。

但那幾個老同學都說和爸爸不熟，只在某次同學會上，得知爸爸畢業後在金融業裡混得風生水起，每次參加同學會，都開豪車戴名錶，開口閉口就是最近賺了多少。

這讓姜洛熙十分驚訝，因為過去阿公很少提及爸爸的職業，只說爸爸是個普通的上班族，雖然收入不多，但是心靈富足，還是慈善機構義工，平時興趣是運動和助人。

姜洛熙找著的最後一位爸爸老同學，只冷淡地轉貼給他一則新聞，要他自己去看，然後就封鎖了他。

他看了那則新聞，裡頭是一起金融詐騙案件。

主謀是一對在金融業上班的夫妻，合作哄騙客戶投資，卻將錢挪作他用，事情敗露後銷聲匿跡，至今下落不明。

這起案件的受害者多達數十人，金額合計數千萬，有幾名受害人因此自殺，其中一人還是與懷孕月餘的妻子一齊割腕，死狀萬分慘烈。

當時，姜洛熙望著陳年新聞上的名字，腦袋嗡嗡作響。

他不停告訴自己，新聞裡那個大騙子姜經理，不是他爸爸，只是剛好同名同姓而已。

跟著接連數日，他不停作著惡夢。

夢裡有許多稀奇古怪的傢伙向他討債、要他還錢。

他打了數通電話給姑姑，述說他的發現，姑姑仍和阿公喪禮時一樣，說自己很早離家嫁去外地，和弟弟不熟，也不知道當年弟弟究竟做過些什麼。

姑姑淡淡地說，很多年前的事情，過去就過去了，他心中相信什麼，那就是什麼吧。

姜洛熙掛上電話，茫然無措，突然想起了阿公臨終前曾對他說過，倘若將來有天碰上仇家，就去找許老哥幫忙。

但他翻遍阿公房間，也沒找著任何和「許老哥」有關的東西。

彷彿是阿公留給他的最後一道題目。

他決心要解開這道題目——比起印象模糊的爸爸媽媽的真實面貌，他更介意阿公這麼多年來每晚對他說的床邊故事，究竟是真是假。

在所有的線索都無效的情況下，他開始研究見鬼的方法。

比起悶著頭猜測，他覺得親口向阿公打破砂鍋問到底，最直接了。

他在網路上搜尋各式各樣的見鬼方法，甚至一連數晚，騎著腳踏車造訪網路傳聞中的各處極陰之地，點蠟燭玩碟仙。

他嘗試了好長一段時間，一無所獲。

直到升上高二，班上同學吳立南莫名其妙變成了學校裡人盡皆知的「通靈少年」，姜洛熙又重新燃起希望，心甘情願地成為吳立南的跟班，就盼吳立南幫他找著阿公魂魄。

參

吳立南過去在班上沒什麼存在感，是個典型的邊緣人。但某次校外教學的旅途中，卻搖身一變成為班上甚至學校裡的大紅人——他在遊覽車經過一處墓地時，翻著白眼渾身顫抖，倒在旁邊的女同學身上胡言亂語口吐白沫。

嚇得老師要遊覽車司機立刻掉頭改道駛向醫院。

本來同學們都怨吳立南裝神弄鬼，毀了好好一場校外教學，但事後卻得知，該路段不久之後，發生一起極其嚴重的連環車禍。

倘若當時遊覽車沒有改道，很可能也會被捲入其中。

吳立南因此成為了校園風雲人物，被稱作「三班那個車上起乩救了全班的通靈少年」。

吳立南說自己從小就有陰陽眼，看得見神鬼，天上地下都有他的朋友，校外教學那天，是他一位鬼朋友感應出那條路上會發生血災，緊急上身警告他，但那鬼朋友上身上得太急，才讓他像是癲癇發作般。

這可讓姜洛熙將吳立南奉若神明，千拜託萬拜託，求吳立南讓他見阿公一面，他說他有不少問題想親口問問阿公。

吳立南只說一切隨緣，不能強求，要他跟在自己身邊，當個護法，吸取一點靈氣，或許能夠改變體質。

姜洛熙當了吳立南一段時間的「護法」，每天早起替吳立南買早餐，放學騎腳踏車載吳立南返家，還定期奉上新推出的電玩遊戲供師尊享用。

結果有一天，班上開始流傳一段影片。

短短數十秒的內容，是吳立南對著鏡頭，笑稱一切全是誤打誤撞，原來當時遊覽車上坐在吳立南身旁的女同學，是他心儀多時的對象。

那時他無論如何也想讓女同學將注意力放到自己身上，但搭話幾次也引不起她的興趣，便異想天開地企圖「裝病」來博取目光——他知道女同學的姊姊在醫院工作，說不定她也懂得一些急救手法，例如替他人工呼吸什麼的。

他沒想太多，他的腦袋也沒辦法想太多，他就是個徹頭徹尾的笨蛋，還沒想好什麼樣的病才能獲得人工呼吸這種幫助時，身體已經先動了起來，手腳亂抖、眼睛翻白、口水亂噴，與其說生病，其實更像是電影裡被殭屍咬過後會出現的反應。

那時他將女同學嚇得從座位彈起，花容失色。

當他驚覺自己嚇壞了整車人，也沒能得到可愛女同學的關愛時，也只好能硬著頭皮演下去，直到被送去醫院。

然而之後那起連環車禍，卻陰錯陽差地讓他獲得了通靈少年這個稱號，真是幸運。這段影片是隔壁班幾個不信邪的同學，找了幾張網路美女照片，假扮成女大學生向吳立南套話，哄他只要說出真相，姊姊們就讓他看奶子。

說到頭來，吳立南最初起乩的目的，就是為了獲得可愛女同學的注意，相較之下，眼前幾位「美麗大姊姊」向他開出來的條件，等於是他這整段蠢笨行徑的最終目標，加上這些美麗大姊姊又是校外人士，吳立南覺得就算讓她們知道真相也無妨，他只要能一睹大姊姊們的奶子，已經死而無憾了，藉著這股衝勁，便什麼都說了——結果他沒看見大姊姊們的奶子，只收到一堆大便和蟑螂的圖片。

隔天他上學，才知道這段影片已經在學校流傳甚廣。

即便他如何脹紅著臉，指天指地發誓自己沒有說謊，一會兒說這影片是假造的，一會兒說自己早已識破對方詭計，只是配合演出。

但無論他怎麼解釋，已經沒有人相信他了，畢竟影片中他鼓脹的褲襠和猥瑣的表情，已足夠說明一切。

接下來的日子，臉皮和智商呈反比的吳立南，像是沒事一樣地上學，像過去一樣當個班級裡的邊緣人，偶爾還會質問姜洛熙怎麼不繼續買早餐給他了。

姜洛熙只是臭著臉，再也不願與吳立南說話。

暑假前幾天，吳立南放學之後，一路跟著姜洛熙回家，直到姜洛熙走到再也忍不住，轉頭問他到底想幹什麼？

吳立南卻笑咪咪地反問他，是不是想見爸爸媽媽一面。

姜洛熙愣住了，他只對吳立南說想念過世阿公，想見阿公一面、問阿公一些問題，但從未提及自己父母的事。

吳立南誠懇地向姜洛熙解釋，說自己之前確實撒了謊，他是真沒本事，但那是「之前」的事。當他認識山哥之後，情況就大不相同了。

吳立南說，之前他的謊言被同學揭穿之後，所有人排擠他、嘲笑他，他表面上不介意，其實心裡很不舒服，甚至時常有自我了斷的念頭。

有一次，他在天橋上盯著車流好幾分鐘，心想要是自己一躍而下，被公車輾過，是不是就不用去學校繼續被嘲笑了。

那時，路過天橋的山哥，主動上前關心吳立南，要他再想想，別急著尋短。

他問山哥怎麼知道他想尋短，山哥神祕笑著說是守護靈告訴他的。

他問山哥什麼是守護靈。

山哥要他別怕，說守護靈其實是鬼，但奉養久了，不但是他的摯友，也是他的貼身保鏢，甚至是精神導師，無所不知，無所不能。

他那時先是一呆，跟著笑了出來。

他以為山哥和他是同類人，但山哥似乎看穿他的心思，取出手機說這座天橋風景不錯，跟著啪嚓啪嚓地自顧自地自拍起來。山哥一會兒嘟嘴，一會兒攬手，彷彿身邊有個看不見的情人一般。

就在吳立南以為自己被精神病患纏上、想要離開時，山哥將手機轉向他，問他「柳兒」漂不漂亮。

吳立南雙眼睜得圓大，望著山哥一張自拍照片裡，那個長髮飄逸、雙手攬著山哥頸子、全身飄盪在天橋欄杆外的俏麗妙齡女孩。

女孩下巴上有顆小痣，山哥說她叫柳兒，是自己的守護靈。

吳立南接連翻過數張照片，見柳兒都依偎在山哥身旁，可驚愕得說不出話。

山哥收回手機，對吳立南說，要是他仍不信，可以拿出自己的手機拍拍看。

吳立南照著做了，對著天橋欄杆外按下快門，然後立刻檢視照片，被嚇得大叫一聲。

他也拍到柳兒了——照片裡的柳兒，頭下腳上地飛撲在鏡頭前，朝著鏡頭扮鬼臉，但模樣一點也不可怕，更像是電影裡的美人魚在水中悠游。

吳立南說到這裡，取出手機、點開柳兒的照片，讓姜洛熙瞧瞧。

姜洛熙皺著眉頭盯著那彷如電影劇照般的照片，一時也沒能做出什麼結論——那照片裡確實有個美麗女孩，也確實飛飄在天橋欄杆外，但這能證明她就是鬼嗎？至少在電腦影像技術先進的今天，單憑一張照片，並不能證明什麼。

吳立南盯著姜洛熙的神情，像是知道他在想什麼，他說相片是他親手拍的，所以他對山哥心服口服，當時他問山哥，要怎樣才能得到一個守護靈，他也想要一個守護靈。

山哥說自己除了身邊這位「柳兒」之外，還有兩個守護靈「胚胎」，但這守護靈胚胎，是他那過世師父留給他的寶貝，師父生前交代過他，這兩個守護靈胚胎只能交給有緣人，最好是能夠拜入門下的人。

山哥說，他願意收吳立南為徒，但吳立南最好再找一位師弟，一同拜入他門下，一齊修煉守護靈胚胎，畢竟他還有些事要忙，不能每天盯著吳立南，多個人一同修行，彼此也有個照應。

吳立南想來想去，也只想得到一心想見阿公的姜洛熙了。

他對姜洛熙說，自己是準備萬全才來的，如果姜洛熙還是不信，他有辦法證明自己的話是真的，他指指身旁，說山哥為表誠意，甚至令柳兒陪他一同來見姜洛熙。

姜洛熙來不及驚訝，吳立南已經取出手機，對著姜洛熙連拍幾張。

姜洛熙還沒反應過來，只見吳立南反轉螢幕，螢幕裡的他，身旁確實站了個年紀約二十出頭的漂亮女孩，模樣和吳立南先前形容的柳兒差不多。

姜洛熙取出自己的手機，也自拍幾張，什麼都沒有。

吳立南對此有些困惑不解，向姜洛熙取來手機，試著再拍幾張，柳兒又出現了，跟著，吳立南和空氣對話半晌，轉頭對姜洛熙說，柳兒告訴他，每個人的體質不同，姜洛熙體質不錯，但眼睛似乎被什麼東西遮住了，所以看不見她也拍不著她，只能看見別人拍下的照片裡的她。

吳立南見姜洛熙依舊面露狐疑，又拿出一疊撲克牌，要姜洛熙抽牌，讓柳兒看牌後轉述給自己公布牌面，以證明所言不假。

姜洛熙拒絕了這個辦法，說撲克牌是吳立南帶來的，說不定做了手腳，要吳立南在樓下等著，他上樓回房，在筆記本裡寫些字，柳兒如果真的存在、真能飛天穿牆，那便有辦法瞧見那些字，再飛下樓告訴吳立南。

吳立南爽快答應。

半小時後，姜洛熙揭開公寓鐵門，恭恭敬敬地邀請吳立南上樓聊聊。

在半小時測試裡，姜洛熙在筆記本裡寫了五句話——

晚餐不想吃自助餐，吃膩了，今天改吃牛肉麵好了。
世界上真的有守護靈？所以那個柳兒現在就看著我寫字？
四班的俞采欣好正，我想娶她當老婆。
阿公以前喜歡吃大蒜，我今天沒換內褲，小花說我們班老師暗戀體育老師。
ㄅㄆ五六七八九我是超人、ㄇㄈ今天天氣好考試考兩分、ㄉㄊ……

前兩句話吳立南都答對了，寫第三句話前，姜洛熙特地拉起窗簾寫，以防吳立南用無人機偷拍他——雖然他也不覺得吳立南為了騙他，需要花這功夫——但吳立南還是答對了，還說自己也喜歡俞采欣。這也不稀奇，俞采欣是校花，又是有錢千金，上學放學都有專車接送，學校裡喜歡俞采欣的男生，一抓就是一大把，被猜中也很合理。

第四句話，姜洛熙躲進阿公房間的實木衣櫃裡，用手機照明來寫，且刻意前言不對後語，吳立南依舊答對了。

第五句話，姜洛熙索性不寫完整的句子，改為胡亂拼湊字句，寫到一半語音鈴聲又響起，吳立南笑呵呵地說柳兒沒等他寫完，就飛下樓抱怨他寫這種沒意義的句子還夾雜注音符號會很難記，要飛上飛下幾個字幾個字地分段轉告。

姜洛熙瞪大眼睛走出衣櫃，覺得那柳兒應該是真的了。

他恭恭敬敬邀請吳立南上樓，替吳立南倒了飲料，兩人長談一陣，約好兩天後一起見山哥。

兩天後，姜洛熙正式拜山哥為師，認吳立南為師兄，接過那只靈壺。

山哥說，守護靈能做很多事，包括下陰間尋找親人，只要姜洛熙的阿公還沒輪迴轉世，守護靈就能找得到他，至於姜洛熙那過世超過十年的爸媽，有沒有輪迴、在不在陰間，那就說不準了。

於是，姜洛熙便開始了服用草藥、滴血養壺的生活。

肆

「你們都養得不錯。」山哥將兩人帶來讓他檢視的靈壺，推回兩人面前，對姜洛熙說：「你雖然因為某些原因，還沒辦法看到守護靈、聽不見他說話，但他的狀態其實很棒。」

「對啊，感覺……」吳立南瞥了姜洛熙身後那削瘦男人一眼，乾笑兩聲說：「好像很會打架的樣子，應該是個好保鏢吧……」

「山哥……」姜洛熙問：「我還要再喝多久的中藥，才能看到我的守護靈，或是其他鬼呢？」

「這個嘛……」山哥苦笑了笑，再次拉過姜洛熙手腕捏捏按按、把脈檢視，喃喃說：「我還真不曉得，我開給你的那帖藥，是我師父研究出來的藥方，專門讓人見鬼，你喝了這麼多天還是沒效……」他攤攤手，對姜洛熙說：「我回去再找找師父以前的筆記，看有沒有其他更有效的方法，你別擔心，只要守護靈練到一定程度，就算你沒辦法直接看到他、聽到他，但你們之間還是有辦法溝通，例如——」山哥說這裡，望向身旁柳兒，朝她挑挑眉，跟著將視線投向桌邊紙巾。

柳兒微微一笑，伸手捏起一張衛生紙巾，遞到山哥面前。

「哇！」吳立南連忙用手肘頂了頂姜洛熙胳臂，興奮嚷嚷：「你看到沒？看到沒？」

「我看到了！不過……」姜洛熙看不見柳兒的動作，但是清楚看見紙巾被抽起、平緩攤在山哥面前的過程。

山哥再次挑挑眉，紙巾又動了，折折疊疊，折成一隻小小的紙鶴，然後擺在姜洛熙眼前——這是最頂級的魔術師也辦不到的事。

「看到沒有，看到沒有！」吳立南笑得合不攏嘴。「這就是神棍跟真大師之間的差別，要是我之前能做到這種地步，誰敢笑我是神棍、騙子！」他還自嘲似地補充：「雖然我之前確實騙人，就是神棍沒錯，但那是『之前』，之後就不是了！嘿！」

姜洛熙回頭望向身後，說：「我的守護靈，你聽得見我說話嗎？你也能……拿面紙嗎？」

「現在還不行。」山哥搖搖頭，說：「你們兩人的守護靈，現在還不能碰觸實物，所以才要進入第二階段。」

「第二階段……」兩人困惑地問：「要怎麼做？」

「在這個階段裡，你們不但需要餵他鮮血，還要餵他們陽氣。」山哥解釋說：「用自己的鮮血餵養守護靈，是讓他們記住主人的味道，陽氣則能提升他們的道行。」

「餵……陽氣？」兩人不解地問：「陽氣是什麼？要怎麼餵？」

「很簡單，我示範一次給你們看。」山哥笑了笑，取出自己的靈壺，揭開壺蓋，跟著取出一只小盒，揭開盒蓋，從小盒裡挑出一些粉末，撒在壺內肉瘤上。

兩人湊近山哥靈壺，只見壺裡的肉瘤微微顫抖，分泌出一股股奇異液體。

山哥捏起一根小匙，從壺內舀起一小匙液體。

柳兒微笑低頭，含住小匙，將液體含入口內，接著飛飄離座，落在數公尺外幾個談笑聊天的學生群中，矮身將腦袋湊向桌上一杯奶茶，將口中黏液緩緩吐入那半杯奶茶中。

「怎麼了？」姜洛熙聽吳立南轉述柳兒的行動，微微有些吃驚，連忙問山哥：「餵守護靈陽氣，為什麼要讓守護靈把壺裡的汁……吐在別人杯子裡？」

山哥揚了揚手，示意兩人冷靜點，緩緩地說：「一般人喝下壺汁，身體會更容易發散陽氣，入夜之後，守護靈就會憑著壺汁的氣味，找到喝下壺汁的人，吸取他的陽氣。」

「呃……」姜洛熙聽這第二階段餵養陽氣，竟要讓別人喝下古怪汁液，再讓守護靈吸其陽氣，不免遲疑地問：「被吸取了陽氣的人，會……怎樣呢？」

「放心，不會怎樣。」山哥笑了笑，說：「頂多累個幾天就沒事了。」

「累個幾天？」姜洛熙又問：「那……能用自己的陽氣餵守護靈嗎？」

「我不建議你們這麼做。」山哥說：「守護靈的食量會越來越大，有時一晚上得吃好幾頓，只餵自己的陽氣，正常人應該撐不過三天——更重要的是，如果主人的陽氣太過稀薄，會壓不住守護靈。」

「壓不住守護靈？」吳立南怯怯地問：「那會怎樣……」

「他們的服從性會降低，甚至會反過來噬主。」山哥這麼說：「所以在第二階段後期，我會另外開能夠提升陽氣的藥方給你們。」

「可是啊，山哥……」吳立南舉手發問：「你剛剛讓柳兒姊，含著壺汁偷偷吐在別人杯子裡，但是我們的守護靈還沒辦法碰到實物，嘴巴吸不起壺汁，那要怎麼……讓別人喝下壺汁？」

「這就靠你們自己了。」山哥笑了笑，說：「好好動動腦吧。」

□

翌日上午，姜洛熙站在神龕前，望著手裡那只透明小瓶裡頭七分滿的詭異液體——

是靈壺的壺汁。

他另一手拿著手機，和吳立南通話。

「我已經想到辦法了。」吳立南向姜洛熙述說自己的計畫——他家附近有個小公園，暑假午後，都會有一群中小學生聚集在花圃旁玩卡牌遊戲，吳立南也是該款卡牌遊戲的愛好者，雖然與那群學生不熟，但經過公園時，時常會駐足圍觀。

他打算砸下重金，購買一張厲害卡牌，加上自己原本的牌組，帶去公園炫耀，和那群孩子們打成一片，然後等待時機，請他們喝下摻有壺汁的飲料。

「這計畫天衣無縫，對吧。」吳立南得意洋洋地說，當他知道姜洛熙昨天返家思索一晚，到現在都還沒有具體計畫，忍不住擺出師兄架子教訓起姜洛熙。「不是吧師弟！你忘記師父叫我們動動腦嗎？這有那麼難嗎？你在學校成績不是不錯？老師都說你腦筋很好啊！」

「這不是動不動腦的問題……」姜洛熙說：「你真要讓小孩子喝壺汁？」

「對啊，不然咧？」吳立南問。

「如果換成是你，你會想喝壺汁嗎？」姜洛熙反問。

「拜託喔！」吳立南哼哼地說：「我只是向小屁孩借一點陽氣而已，又不是偷他們的錢、搶他們的卡，少了點陽氣又不會死人。」

「你還沒回答我的問題啊，換成是你，你願意喝一個陌生人的『壺汁』，借他陽氣，然後累個幾天嗎？」姜洛熙十分堅持這個問題，過去阿公時常提醒他這一點，不要做壞事，尤其是傷害人的事。

如果不知道一件事是不是壞事、會不會傷害人，就這麼想吧——

倘若不希望別人這樣子對你，就不要這樣子對別人。

「己所不欲……」姜洛熙正想照本宣科轉述阿公過去講過的話，卻被電話那端的吳立南嚷嚷打斷。

「你白癡喔！」吳立南暴躁地說：「我養守護靈所以需要陽氣，他們沒養守護靈，少點陽氣又不會怎麼樣！你不騙別人喝壺汁，那你怎麼修煉守護靈？怎麼見阿公？反正我要出門買卡了啦，你要跟就跟，不跟就不要吵！」

□

一小時後，姜洛熙來到了卡牌店前，與吳立南會合。

吳立南捧著那張花數萬元買下的卡牌，雙手激動得微微顫抖，對姜洛熙說：「這張『六翼魔龍』，比我的新機車還貴。」

他見姜洛熙沒什麼反應，似乎無法感受他此時的興奮和激動，嘖嘖地說：「你對這個沒研究，不知道這張卡多棒。」

「對啊。」姜洛熙點點頭說：「你又指使守護靈要你媽給你錢？」

「一半一半吧。」吳立南說：「我昨晚派守護靈在她耳邊講了一夜，我媽還是沒有答應，只說再讓她考慮考慮，這筆錢是我拿她提款卡提的。」

「什麼？」姜洛熙愣了愣，說：「你這樣算是……」

「不算。」吳立南知道姜洛熙那個沒講出口的字，立時說：「是我媽買給我的，我只是在她答應前，先替她領錢而已。」他這麼說時，拍拍鼓鼓的側背包，示意裡頭裝著靈壺，說：「只要守護靈再哄我媽幾個晚上，她就會答應了。」

「現在一張提款卡可以領這麼多錢？」

「我拿三張，提了三次。」

「……」姜洛熙無話可說，攤攤手，說：「走吧，你說的公園在哪裡？」

「你決定參與我的計畫了？」吳立南興奮說：「你的壺汁帶來了嗎？那裡屁孩很多，我們可以多準備幾瓶飲料。」

「我……」姜洛熙搖搖頭。「我自己喝掉了。」

「什麼！」吳立南瞪大眼睛。「你喝掉了，山哥不是說不能自己喝嗎？」

「他是說『不建議』，不是說『不能』。」姜洛熙說：「我想知道陽氣被『借』，到底會發生什麼事？」

「說不定會死喔！」吳立南誇張地說。

「會死你還給小孩喝？」姜洛熙反問。

「我……」吳立南被問得啞口無言，只好改口說：「我是說累死，不是進棺材那種死，反正小屁孩體力無限，睡兩天就沒事了……不過你不想餵別人喝壺汁，那還跟來幹嘛？」

「我想知道其他人喝下壺汁之後會發生什麼事啊。」姜洛熙說：「謹慎想想哪些人更適合喝壺汁不好嗎？」

「你很龜毛耶，不就借點陽氣嘛，還分適不適合？你想半天，有想到更適合喝壺汁的人嗎？」

「有啊，訓導主任啊。」姜洛熙說：「還有三年級江學長他們啊。」

「對喔！」吳立南啊呀一聲，瞪著姜洛熙嚷嚷說：「我怎麼沒想到！應該餵他們啊！」

他們學校裡的訓導主任爭議極多，包括瘋狂追求校內一名新進女老師，甚至跑去女老師家裡站崗，惹得女老師一狀告去教育部。但那訓導主任家世顯赫，父母和校長還是老同學，最後大事化小，放了三個月長假的訓導主任，風頭一過又回到學校耀武揚威，氣得那女老師辭職回了老家。

至於那江學長，他爸爸是地方民代，他身邊總是跟著一群小弟，在學校裡作威作福，興趣是替自己的社群網路加美女同學們為好友，直到去年某天下課時間，江學長領著小弟們將一年級校花俞采欣團團圍住，硬奪下她的手機，擅自將自己的社群帳號，加入她的好友名單裡。

一堂課後，江學長被氣急敗壞趕來學校的江爸爸喊下樓，揪著耳朵拖他上車，帶回家裡狠狠教訓了一頓，還將他剃成了大光頭，帶去學校向俞采欣下跪賠罪。

大家這才知道江家雖有勢力，但俞家背景更驚人，俞爸爸一通電話，就能讓江爸爸下屆甭選民代了。

先前吳立南「通靈少年」那名號響徹全校時，下課時江學長也領著小弟來三班聽他講了幾次鬼故事，在吳立南遭人踢爆作假之後，每次校內偶遇江學長一夥人，屁股免不了捱上幾腳。

「你們全給我等著，等我之後守護靈煉成，你們一個也別想逃掉，哼哼……」吳立南拉了拉背包，眼睛閃閃發光，一副得知中了彩券頭獎，即將搖身變成有錢人的模樣。

姜洛熙望著眼前吳立南矮小猥瑣的背影，先前他一度把吳立南視為偶像，但偶像隨即變成不要臉的騙子，接著又變成他的同門師兄，然而此時的吳立南，不知怎地看起來有些令人害怕。

姜洛熙跟著吳立南往公園方向走，心中思索著自己究竟怕他什麼？

吳立南有壺靈，自己也有。

吳立南個頭比自己矮了半個頭，成績更是班上倒數，想來腦袋也不怎麼好，除了臉皮奇厚之外，究竟有什麼令他好害怕的地方？

他隱隱想出了答案——吳立南對於是非對錯的認知，和自己有不小的出入。當一個這樣的人，擁有了一個厲害的守護靈時，會做出什麼事？他不敢說那時的吳立南必然做出壞事，但肯定有不少是自己無法贊同的事。

山哥將這樣的東西，交到他與吳立南手中，妥當嗎？

山哥是好人嗎？

吳立南從飲料店裡買了兩杯茶飲，將其中一杯撕開部分膠膜，摻入帶來的「壺汁」，還做上記號，再用三秒膠黏合膠膜；他見姜洛熙望著另一杯沒下藥的冷飲，呵呵笑了笑，插上吸管，吸了一口，說：「不好意思，師兄錢花光了，沒辦法請你。」

「我自己有帶。」姜洛熙揭開背包，取出運動飲料喝了一口。「有加壺汁的。」

「你還真的喝啊！」吳立南翻了個白眼。「你不怕守護靈反噬？」

「我連他長什麼樣子都看不見，也聽不見他說話，如果真要反噬我，至少現身讓我看看吧。」姜洛熙聳聳肩。

兩人來到公園，走向那些卡牌玩家慣常聚集的花圃。

那兒和往常一樣，聚集著一群小學生。

今天他們卻簇擁著一個年邁老頭。

一群小學生簇擁著一個老頭這景象，大都只發生在古早冰淇淋攤車周圍，在這流行卡牌的聚會上倒是十分罕見。

吳立南也懶得多想老頭身分，只當老頭是聚會上某個小學生的爺爺。他擠進小學生裡，得意洋洋地從背包裡取出自己的卡牌套組，最上頭那張，就是他剛花費鉅資購入的強力卡牌。

他捧著卡牌輕咳兩聲，看看左右，正想說些什麼吸引眾人注意，下一秒卻半張著口說不出話，兩隻眼睛直勾勾盯著眼前那被當成「戰場」的花圃磚台上的幾張「卡牌」。

那幾張卡牌和他帶來的卡牌不一樣。

和過去孩童們聚集拚鬥的卡牌都不一樣。

是些直徑約莫四、五公分的圓形紙卡，紙卡邊緣還帶著鈍鈍的鋸齒。

「你們玩的是……什麼鬼東西啊？」吳立南呆愣愣地望著幾張圓紙卡，只覺得一張張圓形紙卡尺寸雖小，但卡上繪製的角色圖樣卻異常清晰，甚至隱隱泛著各色光芒。

居中一張圓卡上的角色，身披紫黑戰甲、手持百鬼大劍、腳踏黑色巨龍，一雙眼睛厲光懾人，散發出來的氣勢彷彿能夠毀天滅地。

周圍還有幾張卡片，是些凡人男女，有的持長槍、有的持砍刀、有的掄著大拳頭、有的騎著三輪車、有的提著滅火器。

儘管這些凡人男女卡片將那魔王卡片團團包圍，但卻像是一群貓狗圍著一頭猛獅，一點也壓不住魔王卡片那驚人氣勢。

姜洛熙來到吳立南身旁，只見吳立南神情呆滯、眼神迷濛，嘴巴還微微張著，正有些困惑，隨即也注意到花圃上那些圓形紙卡，立時脫口說出：「尪仔標？現在還有人在玩尪仔標？」

「哦——」老人抬起頭，望向姜洛熙。「小兄弟，你知道尪仔標啊？」

「知道啊。」姜洛熙點點頭說：「很久以前，我阿公教我玩過……」

「這樣啊。」老人呵呵一笑，左手托著一疊尪仔標，右手捻出其中一片，拇指高高一彈，尪仔標飛旋上天。

姜洛熙的視線順著彈旋上空的尪仔標一同往上，意識也瞬間模糊迷離，像是墜入夢鄉一般。

尪仔標在空中炸開一團黑氣。

黑霧緩緩籠罩下來。

姜洛熙和吳立南搖搖晃晃地抬起頭，只見四周天色變得陰紫黯淡。

黑霧籠罩住魔王尪仔標，四周電光閃動，一頭黑色巨龍衝破紫雲，盤旋繞空，龍頭上站著一個威風凜凜的黑甲魔王，舉著巨劍俯視大地。

「噫——」姜洛熙和吳立南被天上魔王的氣勢嚇得渾身發顫，耳朵卻聽見身旁小學生們連聲叫嚷著：「魔王要出招了！」「快放火龍咬他！」「我沒有火龍。」「許爺爺，我們沒有火龍了！」

「別怕。」老頭嘿嘿笑著，花式洗牌般地耍弄手中那疊尪仔標，不時拋出一兩張尪仔標給四周小學生。

尪仔標飛到小學生面前，速度立時放緩，一枚枚安穩落到小學生們手中。

跟著，老頭翻出一張金光閃閃的尪仔標，啪地砸在魔王尪仔標旁，壓出的氣流將魔王尪仔標彈起吋許。

「哇！」姜洛熙和吳立南驚覺腳下燃起烈火，那烈火不燙，暖呼呼的。

同時，整個公園地面金光閃耀，中央站起一個頭戴金冠的少年，少年眼神淩厲，嘴角勾著冷笑，昂首瞪視天上魔王，彷彿一點也不怕那魔王。

「用火尖槍！」「去啊，混天綾！」「快丟風火輪，沒風火輪怎麼飛上去打魔王！」「我沒有風火輪啊。」「我有！」

興奮的小學生們像是網路遊戲組隊打王般，一個個將接到手上的尪仔標拋向金色尪仔標。

四周燃起一叢叢火光，全往金冠少年竄去。

少年抬腳踏上風火輪，張手接住火尖槍，揚臂纏上混天綾，高聲一嘯，唰地衝天而上，直取空中黑龍魔王。

魔王張口咆哮，舉起巨劍揮掄劈斬，在空中劈出一道道裂口，裂口裡鑽出無數惡鬼，擁向金冠少年。

「出火龍！」「快丟火龍！」「你有沒有火龍？」「我沒有！」

「火龍在這兒呢。」老頭又一笑，彈指拋出一張紅色尪仔標。

尪仔標唰地竄到姜洛熙面前，瞬間放緩速度。

姜洛熙本能地張手接下尪仔標，一下子還不明白老頭的意思，但聽四周小學生鼓譟起來，都指著花圃上那堆尪仔標，嚷嚷叫著：「快丟！」「丟火龍！」

他也沒多想，隨手將手中的尪仔標朝花圃擲去。

四周炸開九團烈火，火中衝出九條金紅火龍，火箭升空般地飛射上天，飛入俯衝壓下的惡鬼大軍，像是獅子殺進羊群般，瞬間將擁向金冠少年的惡鬼大軍，衝得四散潰逃。

「怎麼樣，過癮吧。」老頭瞅著姜洛熙笑。「比你現在玩的鬼東西更好玩吧。」

「我……」姜洛熙像是被老頭看穿心思，心虛地撇開視線，只聽天上一聲長嘯，抬頭望去，只見金冠少年竄到了魔王面前，挺著火尖槍，一槍刺入魔王心窩。

魔王哀嚎慘叫，全身連同腳下巨龍，一齊燒起熊熊金火。

姜洛熙和吳立南彷如大夢初醒，張大嘴巴四處張望，只見晴空朗朗，沒有黑霧也沒有烈火，更沒有那金冠少年和巨龍魔王。

花圃前的小學生們，人手幾片尪仔標，三兩成群地捉對廝殺，這些小學生們每個人的玩法都不一樣，不時爭執起規則。

「你們看，我有這張耶……」吳立南揑出自己那張高價卡牌，向小學生炫耀展示，獲得的反應有些冷淡，只吸引到兩三個小學生，但有的說自己沒在玩這種卡牌，有的說剛剛有個老頭送大家尪仔標，自己只是來看熱鬧的。

姜洛熙東張西望，只見老頭已經走遠，還回頭朝他笑了笑。

吳立南感到有些窘迫，低頭看看腳邊，帶來的兩杯飲料不知何時砸在地上，流淌一地。

□

傍晚，吃過晚餐的姜洛熙坐在客廳，左手伸在靈壺裡讓肉瘤吸血，右手持著手機和吳立南通話。

「你認真的？」姜洛熙對吳立南的提議感到不可思議。

「廢話！」吳立南語氣堅定。他說剛剛回家時，收到一張小學夏令營活動招募志工的傳單，工作內容是在兩天一夜的夏令營活動裡，協助領隊老師維持秩序、跑腿打雜，帶領小學生們玩些團康遊戲。

吳立南打算應徵營隊志工，在照料小學生們的過程裡，將壺汁混入小學生三餐和點心中，這樣一來，就能一口氣替靈壺裡的守護靈找著大量「吸取陽氣」的對象。

「這樣不太好吧……」姜洛熙說：「你不是很恨你爸，說他每次一喝酒就打你跟你媽？怎麼不餵你爸喝壺汁？」

「你以為我不想？」吳立南哼哼說：「他上個月欠債跑路，根本不知道什麼時候回家，他最好在外面被債主砍死，永遠別回來。」他說到這裡，頓了頓，又說：「先說喔，我已經幫你報名了，後天面試。還是一樣，到時候你想跟就跟，不跟就算了。」

「讓我想想……」姜洛熙隨口敷衍幾句，草草結束通話，伏在餐桌上盯著靈壺。

伍

一週後的清晨，姜洛熙再次被自己掐自己的惡夢驚醒。

這一兩年，他因為這個惡夢，變得不太敢與鏡子裡的自己雙眼對望。

但他這幾天開始強迫自己認真端詳鏡中的自己，只見自己臉色口唇有些發白，氣色不太好。

從上週開始，他連續喝了一週壺汁。

他得觀察自己身體和氣色上的變化。

他覺得這幾天比先前更容易感到疲勞，但還不到撐不下去的地步，差不多就是熬夜到凌晨三、四點，睡到七、八點又被挖起來上課那種感覺。

似乎也還好。

他仍然看不見靈壺裡的守護靈現身，也聽不到守護靈對他說話。

昨天，他和吳立南又去見了山哥。

本來他有些心虛，他已經做好捱山哥罵的準備了。

但他還沒開口，山哥一見他帶去的靈壺，可笑得合不攏嘴，大讚他養得真好。

他和吳立南都呆住了。

吳立南向山哥打小報告，說姜洛熙違背了山哥指示，自己喝下壺汁，用自己的陽氣來餵養守護靈。

山哥訝異極了，花了點時間替姜洛熙把脈，觀察他氣色，不時和身旁的守護靈柳兒交頭接耳，終於做出結論，說姜洛熙或許天生和常人有些不同，應當是所有修行人夢寐以求、千年難遇的仙身。

吳立南吃味地問倘若姜洛熙資質真那麼好，為什麼看不見他自己的守護靈？

山哥說這有其他原因，他也仍在研究。

總之，山哥並不反對姜洛熙繼續自飲壺汁，他給兩人一份能夠補充陽氣的新藥方，要兩人自行去藥舖抓藥，按時服用，以防守護靈反噬。

姜洛熙步出浴廁，揭開冰箱，分別取出兩只冷藏水壺，倒了兩杯冰飲。

分別是草綠色見鬼藥湯，和黃褐色的陽氣藥湯。

他另外又取出吐司和果醬，配著兩杯藥湯，外加兩片梅餅，當作是今天早餐。

他咬下梅餅時，又想起了中藥房老闆。

他越想越覺得奇怪，昨晚他上中藥房抓藥，結帳時問有沒有梅餅，老闆只揊揊手說這藥方不苦，不需要配梅餅；但他剛走出藥房，老闆又追了出來，笑呵呵地往他袋子裡塞了一堆梅餅。

老闆替他抓藥時的態度，和事後補給他梅餅時的模樣，像是兩個人。

仔細想想，連聲音好像都不太一樣。

姜洛熙抓著頭，不明白究竟是怎麼一回事——不止中藥房老闆這樣。

那自助餐店老闆娘，最近也時常換了個人似地，會多送他一顆滷蛋或是排骨。

樓下的飲料店店員和便利商店店員，偶爾也會換了個人似地，對他說些莫名其妙的話。

最令他感到不對勁的地方，是每當這些街坊鄰人「換了個人」時，眼神、語氣十分相似——彷彿是同一個人，在不同時刻，借用不同街坊的身體和他說話。

「嗯？」姜洛熙思索至此，轉頭望向神龕上的靈壺。「不會吧……」

他起身來到神龕前，雙手合十朝靈壺拜了兩拜，問：「守護靈，你知道我看不見你，所以透過別人的身體和我溝通？」

他問完等了半晌，依舊等不到任何答覆，只好無奈回房收拾行李，準備出門與吳立南會合，一同前往夏令營活動會合地點。

他雖然繼續自飲壺汁供應靈壺裡的守護靈陽氣，但他總覺得讓吳立南一人混入夏令瑩有些不妥——他很難具體說出究竟是哪裡不妥，與其說擔心吳立南的安全，不如說他擔心吳立南獨自行動時，會做出可怕的事情、造成可怕的後果。

他覺得吳立南有種為達目的不擇手段的特質。

偶爾他在家瞥見阿公照片，不免有些心虛，阿公叮嚀他無數次，要他遠離壞傢伙。

阿公會特別解釋，所謂的「壞傢伙」，不是成績不好的人、不是窮的人、不是笨的人。

是會害人的人。

尤其是害人之後，也不覺得難受的人。

阿公說那是他應該要遠離的人，且無論如何也不能成為那種人。

矛盾的是，姜洛熙之所以和吳立南混在一起，就是為了能見死去的阿公一面，進而探究他爸爸媽媽過去是怎麼樣的人——

為了達到這個目的，究竟可以做到什麼地步？

如果吳立南踩過了線，他必須阻止他嗎？

姜洛熙揭開兩包藥粉倒入靈壺。

五分鐘後，他捧起靈壺，倒出半杯壺汁，是兩天份的量。

他舉杯將壺汁一口喝盡，然後將一片事先揭開的梅餅塞入口中。壺汁其實無色無味，像自來水一樣，但畢竟是從肉瘤滲出，姜洛熙心理上總有些疙瘩，每次自飲壺汁，總會配上一兩片梅餅。

他嚼咬梅餅時，又想起那中藥舖老闆「變臉」時的模樣。以及其他鄰居變臉時的模樣。

他再望了神龕上的靈壺一眼。

□

上午八點五十分，姜洛熙與吳立南抵達大功國小。

「小學生夏令營辦在小學裡，不覺得很無聊嗎？」吳立南隨口問：「跟平常上學有什麼不同。」

「嗯。」姜洛熙隨口答：「說不定主辦單位跟學校老師認識，借場地方便……」

兩人踏進校門，姜洛熙瞥了警衛室一眼，愕然喊住吳立南，指著警衛室。「你看，他是上次公園裡那個老頭！」

「哪個老頭？」吳立南望向警衛室，警衛室裡確實坐了個老頭，翻著報紙，瞅了自己一眼，揚手指指校內，用稍高的音量說：「你們兩個是夏令營志工啊？去一年忠班集合，大家都在那兒。」

老頭模樣看來早已過了退休年紀，但一張口聲音卻是中氣十足。

「你忘記了？」姜洛熙見吳立南一臉困惑，便提醒他：「上次公園裡那個老頭啊，玩尪仔標的老頭。」

「尪仔標？」吳立南皺起眉頭，左顧右盼地往一年忠班方向找去。「那是什麼？」

「啊？你真的忘記了？」姜洛熙不可思議地向吳立南講述那天發生的事，兩人雞同鴨講半天，姜洛熙這才驚覺，吳立南對那天的記憶，竟和他有不小的落差。

在吳立南的記憶裡，當天兩人到了公園，卻遍尋不著玩卡牌的小學生，他焦躁之下，覺得口渴，剛喝半口就發現自己弄錯了飲料，嚇得連忙吐出，驚慌之際還被隻飛過身邊的鳥嚇了一跳，兩杯飲料都砸落在地上。

「媽的臭鳥……就不要讓我看到……」

吳立南堅稱那是隻灰色的文鳥，他爸以前養過文鳥，他很清楚文鳥長什麼樣子。

姜洛熙回頭望著警衛室，像是在猶豫是不是該回去將那老警衛看仔細點，他開始覺得自己身邊情形越來越怪異。

最怪之處，就在於生活上的小怪異，都和靈壺沒有直接關係，反而最應當向他展現異象的守護靈，他卻看不見也聽不見。

就在他被腦袋裡一個又一個謎團搞得暈頭轉向時，他和吳立南已經到了一年忠班。教室裡有四個人，一個是六十餘歲的胖男人，一個是二十來歲的年輕女人，還有兩個二十來歲的年輕男人。

四人身上都掛著識別證件，想來都是這次夏令營活動的工作人員——胖男人叫吳國勳，頭銜是活動主任；女人叫陳亞衣，頭銜是領隊老師；另外兩個年輕男人，高個兒的叫馬大岳、矮個兒的叫廖小年，頭銜都是「助理小老師」。

姜洛熙和吳立南見過那叫做吳國勳的胖男人，數天前便是吳國勳負責面試兩人。

「來，這是你們的識別證。」吳國勳取出兩張印有兩人姓名的識別證，要他們戴上。

兩人戴上證件，瞧瞧上頭的頭銜，也是「助理小老師」。

「九點開始小朋友應該會陸續報到。」吳國勳看了看錶，對兩人說：「有什麼問題可以問陳老師，或是來老師辦公室找我，上班時間我應該都會在辦公室。」他說完，瞧了瞧領隊老師陳亞衣，說：「接下來交給妳囉。」

「沒問題。」陳亞衣笑了笑，扠著腰繼續指揮廖小年和馬大岳，將部分桌椅搬入隔壁班級，只留下二十一套桌椅，在教室後方擺成四組。

其中一組有六張小桌，馬大岳在六桌小組的兩張小桌上，擺上領隊老師陳亞衣，和助理小老師姜洛熙的名牌；餘下三組，則是五張小桌，分別由吳立南等三名小老師負責帶領；廖小年則跟在馬大岳身後，擺放參與夏令營的學員名單。

姜洛熙和吳立南暗暗打著眼色，各自走到自己座位旁擺放行李。

吳立南將背包小心翼翼地塞入座位底下，背包裡藏著一小瓶壺汁。

姜洛熙則是取出水壺，喝了一口自製藥湯，默默望著隔鄰座位，及隔鄰對面的孩童名字——

張曉武，九歲，小學四年級。

顏芯愛，八歲，小學三年級。

□

上午十點五十三分。

參與夏令營的孩子們全數被家長送達大功國小一年忠班，大夥兒乖乖按照助理小老師廖小年事先擺在桌上的名牌，依序入座。

一共十六個小朋友，八男八女，全都是八歲至九歲的小學中年級生。

「大家好——」陳亞衣站在教室前半段空曠區域，向四組座位上的孩童們招手。「我是這次夏令營的領隊老師陳亞衣，今天是大家第一次見面，我們先來自我介紹好不好？」

「好！」十六名小朋友歡呼叫嚷，爆出熱烈掌聲。「老師好漂亮！」「幫我簽名，老師。」

「啊哈哈。」陳亞衣被小朋友們的歡呼逗得樂不可支，笑了一陣，說：「大家注意，你們不是來看演唱會的，是參加夏令營的『小朋友』喔，要記住喔！好了，就先從助理小老師開始自我介紹吧。」

她說完，立時揚手一指馬大岳，說：「第四組小老師，從你開始。」

「幹……」馬大岳低聲罵了聲髒話，喃喃抱怨：「為什麼不是從第一組開始？」他面露不耐，瘦高的身子倚躺在小小的小學木椅上，兩隻長腳從課桌兩側插出，懶洋洋地揚手說：「我馬大岳，大家叫我大岳就行了，請多指教。」

「好的，大岳小老師。」陳亞衣笑咪咪地望著馬大岳，說：「這裡是小學生夏令營活動，不是黑道堂口聚會喔。」

「喔……」馬大岳垮著臉，將長腳收攏，挺直身子，又舉起手，說：「本人馬大岳，興趣是把妹，職業是賣炸雞排，偶爾在媽祖廟兼差打工，報告完畢。」

「很好，大家幫大岳小老師拍拍手。」陳亞衣拍起手來，底下小朋友們也發出零零落落的掌聲。

「我叫廖小年。」三組小老師廖小年起身，推了推眼鏡，說：「我的興趣是看小說、打電動、看漫畫，職業也是賣炸雞排，還有在媽祖廟兼差打工……」

廖小年說完，也獲得一陣掌聲。

「什麼鬼……」吳立南正覺得四周氣氛有些怪異，和他想像中的夏令營活動不同，見到陳亞衣揚手指向他，連忙起身，說：「我……我叫吳立南，大家可以叫我阿南，我的興趣也是打電動，還有……通靈，我對通靈很感興趣，之前我在學校裡，同學都叫我——」他說到這裡，瞥見對座小朋友托著臉頰，還大大打了一個哈欠，像是對他的自我介紹一點也不感興趣。

那小朋友桌上名牌寫著——

柯小歸，八歲，小學三年級。

「好。大家給阿南小老師拍拍手。」陳亞衣似乎也對吳立南在學校裡的稱號興趣缺缺，隨意拍拍手，便轉頭望向姜洛熙。「輪到你了，洛熙小老師。」

姜洛熙站起身，說：「我叫姜洛熙，高二準備升高三，我的興趣是……」他想了三四秒，茫然說：「嗯，我沒有特別的興趣……」

「沒有興趣？怎麼會沒有興趣？」陳亞衣問：「高中生怎麼會沒有興趣？你平常不看漫畫、上網、打電動？」

「會是會，可是好像沒有特別喜歡……」姜洛熙抓抓頭，稍稍思索，自己從小到大，似乎當真沒有特別沉迷哪件事情，當同學們在學校裡討論漫畫卡通時，他也會跟著看，但看的時候並不覺得特別有趣，且總是看過即忘，中間漏看幾集，也不覺得可惜或是焦急。

他過去在家陪阿公看電視劇，阿公看得笑了他會跟著笑幾聲，阿公看得緊張時他只能發呆，阿公對他說起爸爸媽媽過往故事時，他才會認真仔細地聽進腦袋裡——但也不是覺得有趣才認真聽的，他只是感受到阿公說起爸爸媽媽往事時總是神采飛揚，因此覺得自己應該認真聆聽。

他人生至今，只有感到某件事應當去做時，才會打起精神去做，且會格外認真去做——正因為他對許多事情都不感興趣，因此也沒有事情能令他分心。

阿公要他認真讀書，他就讀書，阿公也不會要求他一定要考第一名，所以他隨便考個三四五名，也足夠讓阿公開心好幾天了。

「可是，你沒有特別想做的事情？」陳亞衣追問：「例如，考試考一百分啊，或是追到班上哪個女生？你沒有喜歡的女生嗎？」

「呃……」姜洛熙乾笑兩聲說：「不是我們班，是隔壁班的俞同學，她很漂亮，是我們學校的校花……不過她應該不會喜歡我，所以我也不會想追她……」

「老師我有問題！」

姜洛熙身旁響起一記童聲吆喝，低頭一看，是他隔鄰座位那夏令營學員張曉武舉了手。

張曉武一雙眼睛銳利如刀，咧嘴笑著，舉手昂頭問：「小老師，你有沒有想著俞同學打手槍？你喜歡打手槍嗎？」

「我……」姜洛熙自然料想不到一個九歲小孩開口就是這麼尖銳的問題，他尷尬搖頭：「不……不想回答你這個問題。」

張曉武對面的顏芯愛，拍了拍桌子：「喂！張曉武同學，你在問什麼？」

「他剛剛說沒有特別喜歡的事。」張曉武聳肩說：「我只是問他有沒有打過手槍，喜不喜歡打手槍啊，我聽說大哥哥都喜歡打手槍，他不可能不喜歡打……」

「停！」陳亞衣拉高分貝揚手阻止張曉武繼續發問，她勉強擠出笑容，對著張曉武說：「曉武弟弟，這種事情叫做『個人隱私』，不適合在公開場合討論，尤其不能對陌生人說喔，來，跟老師唸一次──『個人隱私』。」

「看您……」張曉武抿著嘴，像是故意口齒不清跟著唸。「老師——」

「不是『看您老師』。」陳亞衣按著桌面緩緩站起，說：「是『隱私』——」

「乙支……」張曉武雙手枕著頭，轉頭望向他處，勉勉強強跟著唸了幾次，但就是唸不清楚，一副故意要跟陳亞衣作對的模樣。「椅子、一獅、啊濕……」

「張曉武同學！」顏芯愛皺起眉頭，伸腳跨過桌下，去踩張曉武的腳，一面說：「你不要搗亂！」

「停停停。」陳亞衣乾笑起身，對大家說：「四位小老師自我介紹完畢，接下來換小朋友了，誰要先自我介紹？」她問完看看四周，沒人主動舉手，她便伸手亂點，指向四組一個胖胖小朋友。「你先。」

「喔！」那胖胖小朋友緩緩起身，嚷嚷說：「我叫王小明，今年三十……不，我今年八歲，嗯，還要介紹什麼？」

「夢想啊。」陳亞衣說：「說說你的夢想。」

「我的夢想是交到女朋友，如果可以結婚就更好了。」王小明說完，獲得幾聲稀落掌聲，跟更多的噓聲和調侃。「肥宅別作夢！」「你等下輩子吧！」

「我是柯小歸。」坐在吳立南對面的小歸舉手起身，說：「我將來要當大老闆，我要賺五兆。」

小歸說完也獲得一陣掌聲，還有些小朋友低聲應著：「你已經是了。」「什麼五兆，早超過了。」

「我叫顏芯愛。」顏芯愛跟著起身，眨著一雙水汪汪的眼睛，笑著說：「我的夢想，是平平安安長大，交個男朋友，嫁個好老公。」

她說完，班上報以熱烈掌聲。

「等等！」第一個被點名的王小明，不服氣地說：「她的夢想跟我的夢想不是一模一樣嗎？為什麼你們的反應差那麼多？」

「你現在才知道這世界不公平嗎？」「人家是正妹，你是肥宅。」有些小朋友們反唇相譏。

「安靜！換老子了！」張曉武起身站上椅子，還抬起一腳踏在桌上，雙手交叉抱胸說：「老子立志當一輩子牛頭，死也不投胎。」

「白癡！」「你說什麼啊！」「你從剛剛到現在一直在搗蛋！不怕我們跟俊毅告狀？」小朋友們鼓譟起來。

「去告狀啊！我怕你們啊！」張曉武跳上桌，握著拳頭對每一個小朋友做鬼臉吵架。「老子這兩天放假，硬被拉來參加這個破夏令營！什麼自我介紹，無聊死了！老子最討厭學校、最討厭老師、最討厭當學生！」

「停停停！」陳亞衣見場面失控，連忙起身，將桌上的張曉武揪下台，按回座位。

「自我介紹完畢，大家休息一下，等等大岳老師跟小年老師會帶大家玩遊戲。」

陸

下午三點五十分，一年忠班講台上，夏令營講師林君育向台下深深一鞠躬，他是現役消防員，應領隊老師陳亞衣之邀專程南下，替這批夏令營小朋友們上一堂綜合防災救護課程。

「謝謝君育老師！」儘管多數小朋友們聽課時顯得漫不經心，甚至閒聊嬉鬧，但此時也回報熱烈掌聲。

「那我先回去了。」林君育長長吁了口氣，和陳亞衣閒聊兩句後，匆匆離去。

吳立南和姜洛熙則聽從陳亞衣指示，去校門等候外送冷飲。

吳立南揹著裝有壺汁的水壺，口袋裡藏著快乾膠，他打算在飲料裡摻入壺汁，再用快乾膠封實膠膜。

「你看你看。」吳立南經過校門時，瞥了警衛室一眼，興奮地用手肘抵了抵姜洛熙胳臂，說：「警衛不在耶。」

姜洛熙望著吳立南興奮的雙眼，說：「阿南，我覺得不太對勁……」

「不對勁？怎麼不對勁？」吳立南反問。

「你不覺得這些小學生怪怪的嗎？」

「哪裡怪？」

「他們說話不像是小學生啊。」

「那怎樣說話才像是小學生？」

「小學生說話……」姜洛熙一時也答不上來，只好說：「我只是覺得你可以先找個人試試壺汁效果，別一口氣弄太多杯，要是出事……」

「會出什麼事？出事會怎樣？」吳立南皺起眉頭，像是對姜洛熙的遲疑態度漸感不耐。

「飲料是我們拿的，出事我們跑不掉。」姜洛熙這麼說時，向吳立南使了個眼色，轉頭瞥了瞥校門口監視器。「而且一口氣弄那麼多杯，會弄很久吧。」

「嗯……」吳立南順著姜洛熙視線瞧了瞧監視器，思索半晌，說：「那先弄一杯試看看，啊，給那個姓馬的喝好了，留長頭髮還綁馬尾自以為帥，一張結屎臉有夠討厭。」

五分鐘後，兩人從外送員手中接過四袋共二十餘杯飲料，轉往廁所。

吳立南在洗手台上，將壺汁摻入其中三杯飲料，稱要讓陳亞衣和廖小年也喝點壺汁，他瞥了姜洛熙一眼，喃喃說：「人帥真好……」

「什麼？」姜洛熙不明白吳立南為何對他這麼說。

「自我介紹的時候啊。」吳立南哼哼地說：「陳老師問你一堆問題，可是完全不理我。」

「有嗎？」姜洛熙乾笑兩聲，不知道該接什麼。

「其實你心裡有數吧。」吳立南嘿嘿笑地說：「班上女生跟你講話時都會臉紅，像是發情一樣，看我就像是看賊一樣。」

「那是因為之前你假扮通靈少年。」姜洛熙這麼答：「欺騙大家。」

「之前是之前……」吳立南用快乾膠黏實三杯冷飲膠膜，站直身子盯著姜洛熙。

「之後我有守護靈加持，應該不輸給你囉。」他這麼說時，大力拍了拍姜洛熙肩膀，說：「你要是繼續龜毛下去，學校裡的妹，都要被我追到手了。」

「我以為你只想追俞采欣。」姜洛熙這麼說。

「俞采欣是第一個。」吳立南呵呵笑地又說出幾個同學名字，裡頭甚至還有學姐學妹。「我們有守護靈加持，只交一個女朋友，不是太可惜了嗎？」他望著姜洛熙，又補充說：「如果你怕我吃到你想吃的女生，可以開名單給我，我會跳過她們，不過如果我也喜歡，就不會讓喔——例如俞采欣。」

「好。」姜洛熙點點頭，安靜半晌，忍不住問：「阿南，我有點好奇，你養守護靈，就是為了打敗所有男生、追光漂亮女生、賺很多錢？」

「不然呢？」吳立南不解地望著姜洛熙。「不然我們上學是為了什麼？好好用功讀書，將來賺大錢，娶個漂亮老婆……你阿公以前沒這麼跟你說過嗎？」

「有說過類似的話……」姜洛熙說：「但是我阿公也說過，錢夠用就好，不要貪心……」

「那你乖乖聽阿公的話，多出來的錢留給我賺。」吳立南呵呵笑地將冷飲裝回袋裡，轉身往一年忠班走，還回頭瞅瞅姜洛熙，嘟囔一句：「你沒有想做的事，所以不知道錢有什麼用，對吧，可是我有好多想做的事，全都要花錢。」

「是嗎？」姜洛熙望著吳立南的背影，也有些困惑為什麼自己對許多事都提不起興趣。

他這一年多以來，千方百計想要見鬼，想要探究父母過往，也是因為除此之外，沒有其他事情能夠讓他提起興趣去做了。

「你畢業之後想當什麼？」吳立南這麼問：「該不會當個上班族、領死薪水，平平淡淡過一輩子吧？」

「不知道，沒想過。」姜洛熙反問：「不過平平淡淡過一輩子有什麼不好？」

「沒什麼不好啊，挺適合你的個性。」吳立南呵呵笑地說：「不過可惜了你那張帥臉，給我就好了。」

「我有很帥嗎？」姜洛熙取出手機，開啟前鏡頭，望著自己那張蒼白秀氣的臉，又快速將視線轉開，他不想和自己對望太久——

他一見到自己，就會想起夢裡那一幕面目猙獰、自己掐自己脖子的畫面。

兩人提著飲料返回一年忠班，遠遠便聽見教室響起小朋友此起彼落的歡呼聲。

兩人走近教室，只見教室裡多了個年邁老人，身前擺著一張課桌，表演雜技般地拋玩手上一疊尪仔標，小朋友們全擠在老人那桌前起哄歡呼。

「啊！那不是剛剛的警衛？」吳立南驚訝嚷嚷，一旁姜洛熙推了推他，說：「你看！那就是尪仔標，他就是我說的老頭啊！」

「警衛？」老人轉頭望向門旁兩人，說：「你們搞錯了，我不是警衛，我剛剛只是窩在裡頭看報紙，我是來陪孩子們玩的。」

老人這麼說時，雙手可沒停下，將一疊尪仔標耍得像是遊龍般，在兩臂上游移推進，一片片彈蹦上空，又乖乖落回老人掌中，活像是電影裡的動畫特效。

「這位老先生是夏令營的志工講師，許老師喔。」陳亞衣插嘴介紹：「許老師來教小朋友們玩童玩。」她這麼說時，指向第一組數張小桌上，擺著扯鈴、陀螺、彈珠、溜溜球等古早童玩。

「童玩……」姜洛熙將一杯杯冷飲分給圍上來的小朋友們之後，獨自走到一組桌邊，望著桌上一樣樣童玩，每一樣他都有印象，每一樣阿公都曾帶他玩過。

他還記得小學有次帶著阿公新買給他的陀螺去學校時，被班上同學取了個「古代人」的外號這件事。

對他來說，這些古早童玩稱不上多有趣，但也不討厭，單純就趣味性而言，他其實到現在也分辨不出來手機遊戲跟陀螺哪個更有趣。

當然，已經是高中生的他，心裡十分清楚自己與其他人在感受「有趣」、「喜歡」等滋味時，確實有著不小的落差，所以他也十分願意花更多時間在手機而非陀螺上，好讓自己在別人眼中，不至於像個怪人。

「馬大哥，這杯是你的。」吳立南從袋中捧出洛神花茶，笑咪咪地奉到馬大岳面前。

馬大岳扠手抱胸，蹺著二郎腿，默默盯著那杯洛神花茶，也沒伸手去接。

「呃、呵……」吳立南見馬大岳一副混混模樣，也不敢多說什麼，將洛神花茶放在馬大岳桌上，轉身將另兩杯摻了壺汁的冷飲，分別遞給廖小年和陳亞衣。

陳亞衣接過冷飲，立時揭開封膜，喝下一大口，滿意地說：「很好喝。」

吳立南見陳亞衣和廖小年轉眼喝去大半杯，這才滿意地走到姜洛熙身旁，用手肘頂頂他胳臂，低聲說：「成功了。」他見姜洛熙沒反應，轉頭瞧瞧他，這才見到姜洛熙右手托著一張尪仔標，看得十分仔細。

「這是什麼卡片啊？怎麼好像前幾天看過……」吳立南呆了呆，還想說什麼，那年邁志工講師許老師也往他手上塞了張尪仔標。

他捏起那尪仔標，仔細一看，上頭畫著一個戰甲少年，雙臂朝前伸著，臂上繞著一圈圈艷紅巾。

他見尪仔標上的紅巾隱隱晃動，像是燃燒的火，不由得揉揉眼睛，以為自己眼花了，喃喃問：「這怎麼玩啊？」

「很簡單！」張曉武吆喝一聲，指著許老師身前小桌上那張黑色尪仔標，說：「大家合力打倒這傢伙就行了。」

「啊？」吳立南順著張曉武手指望去，只見那黑色尪仔標畫的是一個身披黑甲的傢伙，扛著一把古怪大劍。「打倒他？怎……怎麼打？」

姜洛熙轉頭望了吳立南一眼，喃喃問：「你真的一點也不記得了？」

「記得什麼？」吳立南反問。

「上次在公園裡，我們也見過這個魔王。」姜洛熙這麼說，還望了許老師一眼。

「也見過這位……許老師。」

擲下。

「其實不止喲。」許老師呵呵一笑，唰地翻起一張尪仔標，往桌上那黑色尪仔標

砸上桌的尪仔標微微閃動金光，壓出的氣流將黑色尪仔標吹起數公分高，黑氣流

溢。

「啊！又來了——」姜洛熙瞪大眼睛，只感到四周氣氛又變得像公園時那樣，四周

狂風亂捲，頭上打雷閃電，他連忙推了推吳立南，卻見吳立南雙眼半閉，像是半夢半

醒般。

兩張尪仔標旋在空中，一張耀出陣陣黃金光環，一張黑氣盤繞，像是兩座浮空小

平台。

兩座小平台上立起兩尊半透明人像，猶如立體投影般。

兩尊人像姜洛熙都看過，正是先前公園大戰時那戰甲少年和大劍魔王。

少年和魔王踩著腳下平台，在空中遊鬥廝殺起來，魔王高舉著大劍狂揮，好幾下

幾乎斬著少年。

「太子爺！用風火輪！」小歸嚷嚷一聲，將手中尪仔標拋在桌上，炸出一雙燃火

小輪，倏地往少年飛去。

少年踩上風火輪，本來便快的速度，轉眼又加快數倍，開始在大劍魔王身邊繞起

圈圈，這兒踹魔王屁股一腳，那兒拍魔王腦門兩下。

「上吧，乾坤圈！」王小明也拋出尪仔標，砸出一只金圈。少年飛竄過來，一把接著那金圈，抓在手上耍弄幾下，金圈一分為二，變成兩個圈圈；少年得了這金圈圈，不再亂竄游擊，而是撲在魔王面前，舉著一雙圈圈和魔王貼身近戰。

魔王咆哮大吼，腳下黑氣平台炸出團團黑霧，黑霧化成黑龍，飛竄纏繞，將少年包裹在中間。

「看我的金磚！」「豹豹出擊！」又兩個小朋友們扔出手中尪仔標，在桌上砸出一團金光和一隻黃金小豹。

金磚炸成一團金雲，小豹撲進金雲裡，在雲中打了個滾，重新撲出金雲時，身上披上一副黃金戰甲，銳吼兩聲，竄到黑龍腦袋前，一口咬住黑龍一根長鬚不放。

「出大招——」張曉武高高舉起尪仔標，啪地重重擲在桌上，將桌上幾張尪仔標全撲拍彈起。

小桌微微震動，四周烈火繚繞，竄出九條火龍，一擁而上，分別咬住大黑龍鰭、龍爪、龍尾和龍身等部位。

黑龍口鼻噴出黑火，九條火龍也各自噴火還擊。

「喂喂喂！」顏芯愛搖著吳立南胳臂。「輪到你了！快出牌！」

「啊？我？」吳立南呆愣愣地盯著小桌上空那激烈戰況，喃喃說：「出牌？出什麼牌啊？」

「出混天綾。」許老師指了指吳立南右手上那張尪仔標。

張曉武和顏芯愛則抓著吳立南胳臂往小桌推去，見他捏著尪仔標沒鬆手，立時拍打吳立南的手嚷嚷叫起：「鬆手啊！」

「啊？」吳立南這才鬆手，任由尪仔標落在桌上，炸出一團紅光，倏地飛梭上天，被那少年一把揪住，飛繞到魔王背後，照著魔王後背打了一拳。

紅光裡竄出一條長巾，轉眼纏捆上魔王全身。

少年高高躍起，左手指向魔王，指揮著九條火龍大戰黑龍，跟著轉頭望向姜洛熙，緩緩向他伸出右手。

姜洛熙望著少年金光閃閃的雙眼，遲疑地望了許老師一眼。

許老師微笑點點頭。

姜洛熙便伸出手，將尪仔標遞向飛騰在半空的少年。

少年嘻嘻露出笑容，一把抓下尪仔標。

姜洛熙只覺得眼前金光閃耀，身子彷彿飛騰上半空般，教室、老師、助理小老師、夏令營學童和吳立南，通通不見了，取而代之的，是一陣陣颳身吹面的金色烈風。

他感到全身不受控制，斜斜往下俯衝，他的右手金光閃耀，唰地化出一柄金色長槍。

「這是火尖槍。」

一個陌生而尖銳且帶著笑意的少年聲音在他耳邊響起。

「火尖槍……」姜洛熙感到自己右手，加大勁道握緊那火尖槍，向下俯衝的速度也越來越快，本來還離他甚遠的大黑龍飛快逼近。

大黑龍後頭的魔王，正奮力試圖掙脫纏身紅巾。

唰！姜洛熙手中的火尖槍，瞬間貫穿魔王胸膛，壓著魔王繼續向下俯衝，猶如一道流星，直至地面，炸出一團金光火球。

魔王灰飛煙滅。

姜洛熙如同大夢初醒，哇的一聲差點跌倒。

「打贏囉！」「太子爺好強！」小朋友們拍手叫好。陳亞衣則指揮著馬大岳和廖小年收拾尪仔標。「尪仔標玩完了，接下來你們想玩陀螺還是彈珠？」

姜洛熙感到自己出了一身冷汗，轉頭一看，吳立南仍佇在原地發愣，像是還沒清醒，連忙將他拉到座位坐下，拍了拍他。

「這裡是哪裡？怎麼這麼熱？」吳立南神智仍然模糊不清，邊喘氣邊拉動衣領搧風，雙眼迷濛地左顧右盼。「好渴……有沒有喝的？」

「怎麼樣。」許老師瞅著姜洛熙笑呵呵地說：「這些尪仔標，比你藏在家裡那鬼東西好玩多了吧。」

「什……什麼？」姜洛熙被許老師這話嚇得倒抽一口冷氣，心虛得連退好幾步，喃喃說：「許……許老師，我聽不懂你說什麼……」

「老師？」許老師哈哈笑著，說：「我這輩子第一次被人叫老師，怪彆扭的，我叫許兩三，你叫我許老哥好了。」

「許……老哥？」姜洛熙先是一呆，跟著驚呼一聲。「你說你叫許老哥？」

許兩三微笑點點頭。

姜洛熙正急著想問什麼，突然瞥見一旁的吳立南呆愣愣地捧起水壺，揭開瓶蓋，大口喝起裡頭的壺汁。

柒

晚上九點半，明明是團康遊戲時間，但一年忠班裡大家都在忙自己的事。

馬大岳拿著手機和工廠講雞排貨款問題，廖小年拿著紙筆規劃雞排店面布置，還不時拿給陳亞衣過目。

十六個小朋友裡其中一半三三兩兩群聚聊天玩耍，另一半被張曉武拉去教室外玩鬼抓人——張曉武自稱是鬼抓人之王，只要他當鬼，沒有人能逃得了，倘若他當人，沒有鬼抓得到他。

本該負責維持秩序的姜洛熙和吳立南，則安靜佇在教室角落發呆。

吳立南直到此時，都還維持著半夢半醒的呆滯狀態。

姜洛熙則是反覆回想他送許兩三離校時的短暫對話——

當時姜洛熙走在許兩三身後，一直不知如何開口，直到來到校門，許兩三主動轉身對姜洛熙說：「怎麼？小伙子，你是不是有話想問我？」

「我……」姜洛熙支吾半天，終於開口：「許老師，你那些尪仔標……到底是魔術還是法術？」

「就當是魔術啦。」許兩三呵呵笑地說：「小伙子，你的問題應該不只有這個吧。」

「我……」姜洛熙鼓起勇氣，單刀直入地說：「我阿公過世前對我說，有位許老哥是我們姜家恩人，說我如果碰上麻煩，就去找那位許老哥幫忙，我想知道你是不是……」

「我應該就是那位許老哥沒錯，不過我沒那麼偉大當誰家恩人，我只是聽命行事做我該做的事。」許兩三嘿嘿笑了笑，說：「怎麼，你碰上麻煩了？」

「也不算麻煩，只是……」姜洛熙一時不知從何說起。

「只是想見鬼？」許兩三似笑非笑地問。

「你怎麼知道？」姜洛熙又是一驚。

「你試過很多辦法，通通沒有用。」

「對啊！」姜洛熙更驚訝了。「為什麼你都知道？你到底是誰？」

「我當然知道。」許兩三哈哈大笑，捻出香灰在姜洛熙面前飛快畫下一道咒，跟著雙手齊伸，穿過空中的香灰符咒，兩隻拇指按上姜洛熙左右眼皮，往外輕輕一抹。

「當初是我替你封的眼。」

姜洛熙被許兩三突如其來的古怪舉動嚇著，後退兩步，抹抹眼皮，問：「這是什麼？你對我做了什麼？」

「我解開了當初對你下的封眼咒。」許兩三說：「從現在開始，你能看見鬼了。」

「什麼……」姜洛熙不敢置信，東張西望一陣，不解問：「你說……當初是你替我封的眼？你怎麼封的？」

「當然用法術封，難不成拿膠帶封？」許兩三呵呵笑地說：「你阿公怕你嚇著，拜託我封住你的眼，讓你再也看不見那些東西。」

「啊？我阿公拜託你……」姜洛熙更加困惑，問：「那些東西是什麼東西？跟我爸爸媽媽有關嗎？」

「這說來話長啊……」許兩三看看時間，說：「現在我趕著和朋友喝酒，沒空說故事給你聽，你真想知道，明天晚上帶點滷菜來找我吧，我家電話住址你向陳老師要。」

許兩三說完，轉身就走，但走沒兩步，又回到姜洛熙面前，對他說：「差點忘了提醒你，你開眼之後，晚上睡覺就會見到那東西了，至於是什麼東西，你自己心裡有數，做好準備，別嚇尿褲子啦。」

□

「洛熙小老師，你還是先帶他去休息吧。」陳亞衣來到姜洛熙身旁，指著呆愣愣的吳立南說：「他臉色好難看啊。」

「啊？」姜洛熙不好意思地問：「可以嗎？」

「可以啊，這些小朋友們都很聽話。」陳亞衣說：「你知道洗澡的地方嗎？不用帶你去吧？」

「不用不用。」姜洛熙立時揹起兩人行李，攙起吳立南往一年仁班走——晚餐前他便和馬大岳、廖小年一齊將仁班的課桌椅清空、鋪妥地鋪，將每個人的就寢位置都整理妥當。

他將吳立南攙至地鋪，讓人席地而坐，自己取了換洗衣物，去淋浴間洗澡。通往淋浴間的廊道有些陰森，還能聽見外頭張曉武當鬼抓著人時的歡呼聲。

他在淋浴間裡脫去衣物，旋開蓮蓬頭，讓水嘩啦啦地沖了一分鐘，這才拿了肥皂往頭臉身上抹。

一陣風從腳下拂過他全身，令他忍不住打了個大大的冷顫。

他閉著眼睛洗著頭，身子微微哆嗦起來，像是終於感到害怕了。他喃喃低語：「守護靈，是你來找我了嗎？我現在睜開眼睛的話，可以見到你嗎？」

「可……以……」一個奇異聲音緩慢應答。

「我聽見了！」姜洛熙聽見應答聲，心臟猛地一顫，眼睛反而閉得更緊，說：「好，那……請你先形容一下你的樣子，讓我做好心理準備，可以嗎？」

「我的……樣子？」那奇異聲音緩慢說：「帥酷威猛……玉樹……臨風……」

那聲音還沒說完，門外突然噗嗤一聲，像是有人偷笑。

「啊？」姜洛熙正覺得怪異，睜開眼睛，突然聽見門板磅啷啷一陣亂響，嚇得差點滑倒。

跟著，門外響起一陣爆笑，然後是遠去的腳步聲。

原來是張曉武領著幾個小朋友偷偷跟來，躲在門外裝神弄鬼嚇他。

「嘖……」姜洛熙輕輕搥了下門，加快動作洗好澡，穿上衣服出來吹頭髮。

他返回仁班教室時，只見裡頭地鋪上已經坐著幾個孩子，有些正準備洗澡，有些已經洗完澡，正坐地閒聊。

陳亞衣站在門口指揮著一批小女孩排隊前往淋浴間，一面喊著猶自在走廊上狂奔的張曉武等頑劣男孩。「阿武，你可以先洗澡嗎？」

「洗個屁！當鬼還要洗澡？」張曉武大笑回嘴。

「曉武哥，你不要忘記你現在不是當鬼，是當人。」顏芯愛大嚷提醒。

「……」姜洛熙經過陳亞衣身旁時，轉頭望向張曉武，像是想弄懂這些奇妙對話。

「他們在聊鬼抓人的事。」陳亞衣乾笑兩聲。「你先睡吧。」

「陳老師……」姜洛熙說：「我可以向妳要許老哥……就是下午那位教童玩的許老師的聯絡方式嗎？我有事情想問他。」

「可以。」陳亞衣點點頭。「晚點傳給你，你先休息吧。」

「謝謝。」姜洛熙正要往地鋪走去，突然停下腳步，回頭望著陳亞衣，說：「嗯，請問……妳是不是也知道一些事？」

「你說什麼事？」陳亞衣微笑反問。

「呃……」姜洛熙感到這場夏令營，除了他和吳立南，所有人彷彿都早已認識，但他一時也不知從何問起，只好搖搖頭，不再多問，走去自己那張地鋪躺下。

一旁的吳立南也已躺下，他沒洗澡，連鞋也沒脫，兩隻眼睛半閉著，已經打起呼來。

姜洛熙閉起眼睛，思索起今天發生的種種怪事，只覺得越想腦袋越混亂，索性什麼也不再想，決定一切留到明天，去找許老哥當面問清楚。

當他這麼想時，突然感到身子一冷。

他睜開眼睛，見到吳立南身旁站著一個小朋友，睜大眼睛盯著吳立南。

這個小朋友模樣有些陌生，並非這次夏令營十六個小朋友裡的任何一個。

且年紀明顯比十六個小朋友都小了幾歲，約莫才五歲大。

姜洛熙倒吸了口冷氣，他知道這小朋友是誰——

是吳立南的守護靈。

吳立南下午喝下了整瓶壺汁。

守護靈找上門了。

許老哥說的沒錯，他真看得到了。

跟著，他想到吳立南的守護靈來了，那他自己的守護靈呢？

一張蒼白鬼臉顛倒出現在他面前，直勾勾與他相望——

正是他的守護靈，是那位削瘦男鬼，此時就盤坐在他腦袋上方，低頭彎腰、自上而下地盯著他瞧。

男鬼察覺到姜洛熙能看得見自己了，便對他露出一個詭異笑容。

「……」姜洛熙本來以為自己會驚叫出聲，但是沒有，此時他儘管睜著眼睛，但是全身一動也不能動，連聲音也發不出來——

鬼壓床。

孩童小鬼在吳立南腦袋旁緩緩跪下，低頭張口叼住吳立南頸子，緩緩吸吮起來，姜洛熙瞥瞥小鬼，這才知道守護靈吸陽氣，原來是這麼吸的。

他沒來得及多想，男鬼也將腦袋壓得更低，張口啃住姜洛熙額頭。

姜洛熙額頭微微刺痛，同時感到全身力氣緩緩地失去中。

時間過得好慢，他依稀能嗅得男鬼一身淡淡的屍臭味。

他想起自己這連日來莫名疲累，想來應該也是這情形。

只是之前看不到。

□

「起床啦！你們要睡到什麼時候？」馬大岳手插口袋，站在姜洛熙和吳立南地鋪旁，隨意用腳輕踢兩人小腿。「太陽曬懶叫啦！」

「啊！」姜洛熙這才驚醒，挺身坐直，只覺得額頭猶自刺痛不已。一旁，吳立南也大口喘著氣，左手撫著頸子，右手直直舉著，瞪大眼睛卻坐不起身，口裡喃喃呻吟：「救……救命啊……」

「你怎麼了？」姜洛熙望向吳立南。

「我……」吳立南虛弱地說：「我沒力氣起來……幫我……」

「什麼？」姜洛熙見吳立南兩隻眼圈烏黑嚇人、嘴唇乾裂，氣色差得像是遭遇山難數日夜般，連忙將吳立南拉坐起身。

吳立南盤坐在地鋪上，雙手撐著被褥，全身不停顫抖。

「這是你們的早餐。」廖小年送上兩人份的蔥蛋燒餅和豆漿，說：「你們吃完早餐就過來幫忙吧。」

「是……」姜洛熙這才想起自己可還是夏令營志工身分，連忙上了廁所，刷牙洗臉，回到仁班教室吃起早餐，卻見吳立南虛弱得連吸管都插不透豆漿杯口膠膜，便替他插上吸管。

「昨天晚上……」吳立南捧著豆漿吸了幾口，顫抖地問：「發生什麼事？為什麼我的守護靈……會咬我脖子？他為什麼沒去咬其他人？」

「你不記得了嗎？」姜洛熙無奈說：「你把自己帶來的壺汁全喝光了。」

「什麼？」吳立南驚駭地摸摸身子，他那水壺猶自掛在身上，他取起水壺，費力揭開，裡頭果然空了，他嚇得快哭了，顫抖說：「為什麼會這樣？」

「我怎麼知道。」姜洛熙聳聳肩，懶得解釋下午經過，畢竟連他自己也沒完全弄明白。

「昨天晚上，我半夢半醒，看到你的守護靈也來了……」吳立南這麼說。

「我知道，我也看見他了。」姜洛熙點點頭，伸手指了指額頭。「他咬我的頭，還有點痛……」他伸手按了按額頭，上頭有塊瘀青。

「為什麼你被咬沒事？」吳立南不解問：「我就像是快死了一樣。」

「我哪有沒事。」姜洛熙喝著豆漿，舒伸手腳。「我也很累，最近我每天都很累。」

「可是我明顯比你更累啊……」吳立南費力咬起燒餅。「為什麼差那麼多？」

「我壺汁每次頂多喝一兩口。」姜洛熙說：「你整瓶喝光。」

「為什麼我會……自己喝光壺汁？」吳立南害怕且困惑地說：「到底發生了什麼事？」

「昨天那位童玩老師，你還記得嗎？」姜洛熙這麼問。

「童玩老師？什麼童玩老師？」吳立南搖搖頭。

「上課時教小朋友玩尪仔標、扯鈴、陀螺的許老師。」姜洛熙見吳立南仍然一臉茫然，又說：「就是我們昨天早上進學校時，坐在警衛室裡看報紙的那個老先生啊。」

「老先生？」吳立南一臉茫然地說：「他不是警衛嗎？我喝壺汁跟他有什麼關係？」

「我也不知道。」姜洛熙說：「所以等下午夏令營活動結束之後，我會去找他問清楚，你要一起去嗎？」

「下午……」吳立南虛弱地抓著燒餅，碎渣撒了一褲子，喃喃說：「我能不能撐到那時候都不知道，我好想回家……現在是早上？幾點啊？」

姜洛熙看看手機，說：「七點四十……我記得今天活動到下午五點。」

「什麼……」吳立南哭喪著臉說：「我的壺汁都沒了，那我還待在這裡幹嘛？車馬費才五百元，還要照顧一堆屁孩……」

「……」姜洛熙將最後一口燒餅吃下肚，喝完豆漿，整理地鋪，對吳立南說：「那等等你跟陳老師說你身體不舒服，先回家睡覺吧。」

「那你呢？」吳立南說：「你不陪我回去？」

「那位許老師要我晚上帶滷味找他，我現在提早走，也沒事可以做。」姜洛熙說完，不再理會吳立南，回到忠班，幫忙收拾小朋友們吃完的早餐碗盤。

八點，志工講師董芊芊，向小朋友們上了一堂兩性相處課程。

本來想要早退的吳立南，見到董芊芊一身長裙，彷如仙女下凡，又打起精神留了下來。

十點，是志工講師許保強的基礎格鬥防身課程。

吳立南一看是男講師，便向陳亞衣提出早退。

至於那「基礎格鬥防身」課，強度遠超乎姜洛熙想像，年僅八歲的張曉武，屢次舉手上台陪許保強一齊示範，他個頭只到許保強胸口，戴上拳套卻打得有模有樣，好幾次將許保強手靶打退老遠。

許保強起初陪張曉武有說有笑，直到肚子捱著張曉武好幾記重拳，再也不敢大意，高舉兩只拳靶嚴防全身，反擊揮拳也越來越快，一記記重拳往張曉武腦袋上掄，拳套和拳靶撞出一聲聲響亮聲音，直到陳亞衣出聲提醒，許保強才意識到自己認真過頭了。

下午兩點，志工講師田啟法扛著一疊瓦楞紙箱走進教室，教小朋友們摺紙。

姜洛熙見田啟法輕鬆隨意捏出一隻紙狗，拉拉那狗尾巴，狗嘴便一張一合、四足也能走動，不禁目瞪口呆，但想想這段時間已見過太多怪事，相較之下，一隻精巧紙狗，好像也不算什麼了。

五點整時，姜洛熙接過陳亞衣給他的五百元車馬費，被告知工作結束，可以下班了。

捌

傍晚，姜洛熙依約提著一袋滷味拜訪許兩三。

許兩三家裡家具老舊，但還算乾淨，姜洛熙遵照許兩三指示，將滷味擺上廳桌。桌上有瓶高粱和兩只小杯。

「你還沒成年吧。」許兩三啊呀一聲，收去一只小杯，指指冰箱，說：「那你不能喝酒，冰箱裡有汽水，自己去拿。」

「我自己有帶飲料。」姜洛熙晃了晃掛在身上那只運動水壺。

「……」許兩三瞅著姜洛熙身上水壺，點點頭，沒說什麼，自顧自地坐下，揭開滷味挾了就吃，自斟自飲。他見姜洛熙站在廳桌前，望著牆上好幾張母雞照片，笑呵呵地說：「鐵牛是我最要好的朋友之一啊。」

「鐵牛？」姜洛熙呆了呆，指著其中一張照片裡那抱雞男人，模樣約莫四十出頭。

「這人是……許老先生你？」

「是。」許兩三點點頭。

但另一張照片裡的抱雞男人，年紀已有六、七十歲。

姜洛熙問：「這也是你？」

「是啊。」許兩三喝了口酒。

除此之外，照片裡每個男人，雖然年歲不同，但似乎都是許兩三。

「哪個是你朋友？」

「那些照片裡的人都是我，朋友當然就只剩那隻雞啦！」

「那……這些雞裡，哪隻是鐵牛？」

「那些照片裡全是同一隻雞。」許兩三說到這裡，哈哈大笑，似乎明白姜洛熙為何這麼問。「鐵牛是隻好厲害的老母雞啊，你看照片裡頭我的手，被鐵牛那爪子抓得滿滿都是傷口。」

「不是……」姜洛熙瞧瞧兩張照片裡的許兩三，從年輕到老，一雙胳臂上確實遍布爪痕，但他疑惑的可不是這件事，他分別指了指許兩三年輕和年老的抱雞照片，問：「鐵牛是什麼雞，可以活這麼久？」

「是神雞喔！」許兩三哈哈大笑。「不但活得久，他還吃鬼！」

「吃……鬼？」姜洛熙呆了呆，問：「是……魔鬼的『鬼』？」

「廢話！」許兩三哼哼說：「不是魔鬼的鬼，難道是紅龜粿的粿？」

「嗯……」姜洛熙當然對能吃鬼的雞有些好奇，但這可不是他今晚來訪的目的，他問：「許老先生……你知道我爸爸媽媽的事。」

「是啊。」許兩三仰頭望著姜洛熙，皺起眉頭說：「不過我不喜歡這樣子說話，你坐下來陪我喝酒，邊喝邊聊。」

「是……」姜洛熙拉了小凳坐在許兩三對面，接過許兩三遞給他的筷子，也挾了點滷味吃下。

許兩三望著姜洛熙，說：「你想問什麼，儘管問吧，只要我知道，都會告訴你。」

姜洛熙聽許兩三這麼說，倒是有些遲疑——他腦袋裡塞了太多問題，一下子反而舉不出最想問的東西，思索半晌後，他才說：「我阿公說，我爸爸以前和朋友有些誤會，說那些仇家會找上門來；又說你是我們姜家恩人，要我將來碰到麻煩，就去找你幫忙……我想知道到底是什麼事？」

「嗯。」許兩三點點頭，說：「我昨天說了，別把我當恩人，因為我不是向人施恩，我只是打工，那是我的職責。」

「打工……」姜洛熙不解地問：「替誰打工？是什麼工作？」

他剛問完，便見許兩三揚手指指上方，他抬頭往上望，天花板上是盞老舊日光燈，他喃喃問：「電……燈？」

「不是燈，是天。」許兩三呵呵笑地吞下一杯高粱。「我替天上的神明打工。」

「替神明打工?那……跟我爸爸的仇家有什麼關係?」

「你爸爸有個仇家，請法師招惡鬼害你全家，神明派乩身救你家人。」

「乩……身?」姜洛熙呆了呆，問：「是……廟裡的乩童?」

「差不多。」許兩三說：「不過打著乩童名號的傢伙，一千個裡頭有九百九十九個是假的，我是剩下的一個，也是真的那個。」

「喔……」姜洛熙點點頭。

「……」許兩三見姜洛熙只點頭，卻沒其他反應，嘖嘖兩聲說：「你不接話我怎麼說下去啊?」

「接話?我要接什麼話?」

「你要接『你說自己是真的，別人是假的，那你怎麼證明自己真、別人假』啊?」

「好吧，你怎麼證明自己真、別人假?」

「太簡單了。」許兩三笑著說：「被神明降駕附體的肉身，跟臭騙子的破身體，當然不一樣；我年輕時踩著風火輪，一跳有一丈高，踩著牆能從一樓跑到頂樓，被鬼割了喉，血流了好幾升都沒事，還有……」許兩三說到這裡，伸手指著自己鼻子、嘴唇、耳朵，說：「刺這裡、刺這裡、刺這裡，能證明什麼?」

「要從這裡進去，從背後出來——」許兩三手指緩緩按上心窩，笑說：「那天夜裡，我前胸後背插著一支鋼筋，從八樓摔到一樓，躺了五秒，跳起來繼續跟鬼打架，如果有人也辦得到，那他也是真的。」他喝了口酒，補充：「到我退休之前，這種事情不知道發生幾次了喲。」

「是……」姜洛熙點點頭，沒有多說什麼——許兩三這番論證真假的話，邏輯上沒什麼問題，問題在於「自稱鋼筋插胸」跟「真正鋼筋插胸」，自然是兩回事。

姜洛熙並不打算深究鋼筋插胸這件事，他取出手機，滑出在網路上找到的新聞截圖，問許兩三。「當年我爸爸那些仇家，是因為這件案子向我家報仇？我爸爸媽媽是金融詐騙犯？」

「細節我真不清楚。」許兩三聳聳肩，說：「但好像是這麼一回事沒錯，是你阿公說的，他說你爸爸在外騙人積蓄，害不少人跳樓，其中有些人來找他報仇了。」

「嗯……」姜洛熙點點頭，像是早已做好心理準備。「所以我阿公一直騙我。」

「他騙你什麼？」

「他說我爸爸媽媽是人見人愛的大好人，要我拿他們當榜樣，當個好人。」

「那你現在知道真相了，你還想當好人嗎？」

「……」姜洛熙歪頭想了想，說：「不當好人，難道要當壞人嗎？」

「當壞人比當好人輕鬆多了。」許兩三呵呵笑著說：「當好人很辛苦的。」

「那……」姜洛熙望著許兩三問：「你是好人嗎？」

「不。」許兩三搖頭。「當乩身之前，我前一份工作，是當賊。」

「所以你後來改邪歸正了？」

「嗯，一半一半吧。」

「一半一半？」

「我不覺得我當賊的時候有那麼壞，我也不覺得我當乩身時有那麼好，所以一半一半。」許兩三說：「但如果真要比較個好壞，後來的我，當然還是比以前的我，好上那麼一點點。好壞這東西呀，本來就是比較出來的，很多壞蛋在幹壞事之前，也以為自己是大好人，也會被別人當成是好人，但不知道怎地，一眨眼就幹壞事了，所以人生在世，與其區分好人壞人，不如好好想想，什麼事能做，什麼事不能做，每件事都想仔細；有些壞事做了還能彌補，有些壞事做了……可是萬死也不足以贖其罪。」

「是……」姜洛熙沉默幾秒，問：「所以我爸爸做的事，算是……不能彌補的那種？」

「算吧。」許兩三淡淡說：「好多人因為他跳樓，被錢莊逼死，有人懷著身孕，也有全家老小，你說，這怎麼彌補？」

「所以……」姜洛熙又問：「我爸爸仇家派惡鬼害我全家，然後許老先生你……」

「是許老哥！」許兩三糾正姜洛熙用詞。

「嗯。」姜洛熙繼續說：「神明派許老哥你趕走惡鬼？救了我們全家。」

「算是吧，但當時神明派出的乩身不只我，還有我師弟，當時我半退休，他才是現役。」許兩三說：「而你爸爸仇家不止一隻鬼，除了惡法師之外，還有不少『散戶』，我師弟當時全力追查惡法師下落，我離你家近，負責盯著你家四周，趕跑那些『散戶』，有時我剛好不在，你莫名其妙又鬼上身，我只好向神明求了厲害靈符，封住你雙眼跟全身靈脈，讓你再也看不見鬼。」

「我爸爸媽媽，就是被惡鬼殺死的？」

「……」許兩三沉默半晌，點點頭。「算是吧……」

「阿公說他們是車禍，那時我也在車上。」

「對。」許兩三點點頭。「惡鬼掐你爸爸喉嚨，害他車禍。」

「那時我應該也五歲了。」姜洛熙愣愣說：「但是我對這件事完全沒印象，我只記得我那時候睡了好長一覺，醒來時人在醫院，後來被阿公帶回家，對我爸爸媽媽、對以前的事，幾乎都不記得了。」

「那車禍挺嚴重啊，整輛車從高架橋摔進河裡。」許兩三說：「你能活下來，已經不簡單了。」

姜洛熙沉默半晌，覺得有點渴，揭開水壺就要喝，壺口湊近嘴邊時，又突然停下，望向許兩三。「許老哥，為什麼……你好像知道我跟吳立南在做什麼？」

「你想見你阿公，所以學了一堆稀奇古怪的見鬼辦法，又跟你同學拜了個痞子為師，躲在家裡養鬼，把家裡搞得烏漆抹黑，還把菩薩像都丟了，三天兩頭就煮一大鍋鬼東西喝下肚。」許兩三冷笑地瞅了瞅姜洛熙那水壺。

姜洛熙瞪大眼睛，呆愣半晌，放下水壺。

「沒錯沒錯。」許兩三拍手大笑。「我都替你解開封印了，當然不用再喝那三流痞子研究的三流藥方啦。」

姜洛熙又沉默半晌，一時間茫然無措，喃喃說：「許老哥，你能讓我見到阿公的魂魄？」

「能。」許兩三說：「不過他已經領號碼牌，搬進閻羅殿宿舍，準備上大輪迴盤投胎啦，平時沒辦法外出，我再問問上頭，能不能安排讓你見他一面。」

「號碼牌、大輪迴盤……閻羅殿宿舍……」姜洛熙被這一連串初次聽見的名詞弄得一頭霧水。

「不要心急，到時候帶你去見阿公時，該讓你知道的東西，都會讓你知道。」許兩三這麼說。

「謝謝。」姜洛熙點點頭，起身說：「那……我先回家了。」

「好。」許兩三隨意揚了揚手。「有需要再找我。」

「嗯……」姜洛熙走到門邊，總覺得儘管心中某些疑問得到了解答，但卻又湧出不少新疑問，他回頭望著許兩三，像是還想發問。

「許老哥，上次公園，跟這次夏令營，我都碰到你，應該不是巧合吧……」姜洛熙困惑問。

「不是巧合。」許兩三微笑又指指頭頂：「都是上頭的意思。」

「那……」姜洛熙又望了天花板上日光燈一眼。「你說的『上頭』，是神明嗎？神明到底想我怎麼做？」

「不急。」許兩三說：「上頭確實想請你做些事，但還不確定你能做到什麼程度，可能得再觀察一陣子。」

「觀察……我？」姜洛熙問：「上頭想觀察我什麼？」

「上頭曾經找錯過人，累及不少無辜百姓。」許兩三說：「上頭請你做事之前，也想知道你會不會做錯事、會不會害人。」

「……」姜洛熙沉默半晌，問：「養守護靈……是壞事嗎？」

「看怎麼養，還有養來做什麼。」許兩三說：「你雖然還是孩子，但不是小孩子，而是大孩子了，這麼簡單的問題，你回去自己想想吧。」

「是。」姜洛熙又靜默半晌，點點頭，向許兩三告別。

玖

姜洛熙下樓跨上腳踏車，這才想起到自己似乎忘記問許兩三一個重要的問題——他回家之後，該怎麼處理那只靈壺和壺裡的守護靈？

但他並沒有回頭按電鈴。

許兩三沒有主動提起這件事，也沒有提醒他發問，想來應該也是要他「自己想想該怎麼做」。

他現在其實已經不太需要再想了。

既然他已經可以見鬼了，那麼他可以自己問守護靈一些問題。

除非那守護靈是個高明的騙子，否則是好鬼壞鬼，他應當能夠判斷吧。

正如許兩三所說，他已經不是小孩子，而是大孩子了。

他花了不到二十分鐘，便從許兩三家樓下騎回自己家樓下。

許老哥家離他家其實不遠。

「房東，回家啦。」新來的飲料店小妹，向姜洛熙眨了眨眼。

「我不是房東。」姜洛熙一面替腳踏車上鎖，一面答：「我姑姑才是房東，我只是幫她收房租……」

他說完，也不理飲料店小妹還想再聊，便取鑰匙開門上樓。

通往二樓的樓梯陰暗漆黑。

姜洛熙長長吸了口氣，不明白為何自己養了好一段時間的守護靈，餵食好些天鮮血，直到現在才感到有些害怕——因為直到昨天，才見過那傢伙的樣子？

但那傢伙模樣其實也不可怕，不過就是個尋常的削瘦中年男人，只是臉色蒼白了點、口唇眼眶烏黑了點，除此之外，就像是在路上隨便就能碰到的上班族一般。

他來到二樓，開了燈，望向擺在神龕上那只靈壺。

靈壺靜悄悄地沒有一點反應。

他來到神龕前，對著靈壺拜了幾拜，做足心理準備，這才發問：「守護靈，你聽得見我說話嗎？」

「聽得……見……」一個削瘦男人聲音，這麼回他。

「哦！」姜洛熙身子一抖，喃喃說：「我……我聽見你說話了。」

「嗯……」男人這麼回答。

姜洛熙說：「我有些問題想問你，你能陪我聊聊嗎？」

「我餓了……」男人說：「餵我。」

「你昨天吸了我一晚陽氣。」姜洛熙好奇問：「現在就餓了？」

「對。」男人說：「餵我。」

「好，不過我剛回家，讓我先上個廁所。」姜洛熙點點頭，放下水壺提包，上了廁所洗了把臉，回到神龕前，將靈壺捧至餐桌，揭開蓋子，伸入手指，立時感到壺裡那肉瘤蛞蝓般地纏住他手指，又隨即鬆開。

「手指……不夠……不要……手指……」

「喔。」姜洛熙將手腕擱上壺口，壺中肉瘤快速貼上他手腕，吸吮他的動脈。

姜洛熙滑著手機，等待半晌，終於發問：「守護靈，你能一邊吸血一邊說話？」

「能……」男人回答。

「你……」姜洛熙像是還沒想好要問什麼問題，想了想才說：「你跟山哥很久嗎？」

「忘記了……」

「山哥是什麼樣的人？」

「我不知道……」

「好吧，那在我養你之前，你有被別人養過嗎？」

「之前……都是師父和阿山餵我……」

「師父、阿山？」姜洛熙呆了呆，隨即醒悟應當是指山博旭師徒，他想了想，又問：「你有替山哥或是他師父做過事情嗎？」

「有……」

「你都替他們做什麼事？」

「殺人。」

姜洛熙深深吸了口氣——之前他問許兩三，養這東西算好事還是壞事，許兩三要他自己判斷，他本來打算向守護靈套套話，想知道山哥究竟都幹了哪些事，卻沒料到守護靈回答挺直接的。

「不知道。」

「呃……」姜洛熙嚥了口口水，有些緊張。「你知道山哥要你殺人的原因嗎？」

「你都殺哪些人？」

「不清楚……男人、女人、小孩、老人……」男人喃喃說：「前前後後，一共十一個人……」

「好。」姜洛熙覺得應該停止深究這守護靈過往事蹟了，他改變問題。「那……你知道山哥現在的計畫嗎？他打算做什麼？」

「阿山打算用你的身體來養師父。」

「啊！」姜洛熙聽見這超乎想像的答案，猛地一驚。「你……你說什麼？我不明白你的意思。」

男人緩緩答：「我說，阿山打算用你的身體，來養師父。」

「養師父……」姜洛熙問：「怎麼養師父？」

「師父在死之前，把自己的身體泡在缸裡。」男人說：「師父吩咐阿山，找一副新身體，經過調養，再把新身體放進缸裡，好讓師父的魂魄，從原本的屍身，轉到新身體裡，這樣師父就能重生了……」

「等等……」姜洛熙感到腦袋一片混亂。「你剛剛說，山哥要用我的身體來養他師父？所以我就是山哥找到的那個『新身體』？」

「是……」

「……」姜洛熙靜默半晌，又問：「我不懂，如果是這樣的話，那為什麼山哥要我們餵血養你？要我們騙別人喝壺汁？怎麼不直接派你把我抓去泡進缸裡？」

「不行。」男人說：「阿山說你是萬中無一的仙身，身體裡的陽氣太旺，所以騙你用鮮血養我，讓我習慣你的陽氣，讓我的陰氣更易侵入你肉身；每天夜裡，我從壺裡出來，回灌陰氣餵你，陰寒你肉身，對你耳語，蠱惑你心智，你以為你是主人，但最後會對我言聽計從。阿山還要你誘拐他人向我供奉陽氣，是想令你犯下罪──你養鬼作惡，我作惡越凶，你罪責越大，我會犯下令你被打入十八層地獄的罪，你會因此失去一切神靈庇佑，到那時候，你的極陰之身，就正式煉成。」

姜洛熙聽得一身冷汗，卻也不敢突然抽手，就怕這壺靈當場翻臉，現身害他。他思索半晌，說：「既然這樣……你為什麼要跟我說？我如果知道你們要害我，不就有防備了嗎？」

「是啊……」男人像是被姜洛熙這問題問倒，沉默老半晌，依舊不明白。「我為什麼……會跟你說呢？阿山明明叮嚀我，不能告訴你師父的事……」他說到這裡，又沉默半晌，終於說：「算了，你就算知道阿山的計畫，又能怎麼防備？」

「我可以……跑啊！」姜洛熙猛然將手抽離壺口，起身就往門奔去。

但他手還沒搆著門把，一支青蒼冷手，已經自後搭上他手腕。

守護靈現身了。

那削瘦男人攀住姜洛熙後背，一手往前抓住姜洛熙前臂，一手勒著姜洛熙頸子。

姜洛熙全身不受自己控制，僵硬轉身，走回原位坐下，一手捧起靈壺，往自己頸上按去。

壺中肉瘤再次貼上他頸動脈，緩緩蠕動吸吮起來。

「你跑不了。」男人貼在姜洛熙耳邊，說：「我會開始向你耳語，你很快會睡著，明天天亮之後，你就不記得今晚發生的事了，你會乖乖和平常一樣繼續餵養我……」

□

姜洛熙睜開眼睛，感到全身虛弱無力、頭昏眼花。

他站起身，抓著頭左顧右盼，瞧瞧手機時間，上午十點半，像是不明白為什麼自己在餐桌睡了一晚。

他搖搖晃晃來到神龕前，望著神龕上的靈壺，喃喃說：「守護靈……你聽得到我說話嗎？你白天能說話嗎？」

「我聽得見。」男人的聲音自靈壺響起。

「哇！」姜洛熙露出興奮神色，拉高分貝說：「我真的能跟你說話了，啊，不對，我記得昨天我就跟你說話了……嗯？守護靈，昨天我們聊了什麼？為什麼我不記得了？」

「昨晚你問我自飲壺汁會不會傷身。」男人說。

「那你怎麼回答？」姜洛熙追問。

「我說──」男人回答：「你同時餵我鮮血和陽氣，精氣心神耗損太大，再這樣下去，你撐不了三天，你得取壺汁，想辦法誘他人喝下，讓他人替你分擔陽氣耗損。」

「然後呢？」

「然後你趴在桌上，漸漸睡著了。」

「我有問你其他事嗎？」

「你問我能不能替你尋找祖父魂魄。」

「那你能嗎？」

「能。」男人說：「但你得先將我餵養得更強壯，才方便我下陰間替你尋人。」

「好。」姜洛熙點點頭，搖搖晃晃從神龕抽屜取出一包藥粉，倒入靈壺，幾分鐘後，將靈壺肉瘤滲出的壺汁倒入保特瓶，放入背包。「我洗個澡，去吃點東西，再去中藥房抓點藥，一邊想想餵誰喝壺汁。」

「祝你順利，主人。」男人這麼回答。

姜洛熙洗澡更衣，帶著背包出門下樓，往街上速食店走去。

他在速食店裡挑了個靠窗位置，望著窗外逐漸高升的艷陽，緩緩吃著餐點。

直到接近中午時分，他這才捧著餐盤去回收台整理妥當，然後上了個廁所。

他在廁所取出保特瓶，揭開瓶蓋，將壺汁倒入馬桶，沖水。

然後來到洗手台前，將保特瓶洗淨，再扔入回收箱。

他其實沒有忘記昨晚失去意識前，守護靈對他說的那番話。

他只是假裝忘記了。

他花了一個多小時吃早餐，是在思索接下來該怎麼走。

他已經想好了。

他離開速食店，上中藥舖抓了一模一樣的見鬼藥。

那中藥舖老闆也一如往常地調侃他幾句，問他喝了這麼多天見鬼藥，到底有沒有效。他說自己也不知道，要是這次還是沒效，以後就不喝了。中藥舖老闆苦笑說，自己要少一個客戶了。

他提著藥袋走出中藥舖，走出老遠才聽見中藥舖老闆追在後頭急急喊他。

他停下腳步，只見中藥舖老闆喘氣奔來，抓了一大把梅餅塞進他口袋。

中藥舖老闆手上還捏著一枚梅餅，拉過姜洛熙的手，將梅餅放在他手上，似笑非笑地說：「孩子，這是能夠保平安的梅餅，動手前，吃一片，會順利些。」

「……」姜洛熙望著中藥舖老闆，只覺得此時中藥舖老闆眼神又和剛剛抓藥時不一樣了。儘管這樣的變化他已見過很多次，但依舊無法習慣。

不過他也沒多問，淡淡點頭道謝，然後返家。

「房東，吃飽啦。」飲料店小妹向他招手。

「我不是房東。」姜洛熙苦笑取鑰匙開門。

「等等——」飲料店小妹瞬間變了張臉，指指他塞滿梅餅的口袋，然後揚手至嘴前，做出咬嚼的動作，嚷嚷說：「別忘記吃梅餅喲！」

「『你』到底是誰？」姜洛熙有種感覺，那塞給他梅餅的中藥舖老闆、替他加菜的自助餐老闆娘、鄰近的便利商店店員以及眼前的飲料店小妹，當他們變臉時，其實都是同一人。

之前他一度以為這些「變臉」的傢伙，是自己的守護靈，但歷經昨晚事件，他知道這三不五時令鄰人變臉的神祕傢伙，顯然另有其人。

到底是誰？

「啊？」飲料店小妹神情回復原狀，見姜洛熙呆愣愣望著他，便反問：「你說什麼？」

「沒有。」姜洛熙搖搖頭，開門上樓。

他望著二樓大門，從口袋裡取出一片梅餅，揭開吃下，只覺得嘴裡暖呼呼的，嚥下肚去，彷彿吞入一團暖和的火。

有夠好吃。

他又揭開一片，吃下，再揭開一片，吃下。

他吞下第四片梅餅之後，這才將鑰匙插入家門，同時捏了捏自己的臉，提醒自己保持冷靜。

他開門進屋，提著中藥袋上廚房整備，燒水燉藥，捏著大杓在鍋裡攪了攪，然後回到神龕前，對著靈壺拜了幾拜，說：「守護靈，聽得見我說話嗎？」

「主人，我聽得見。」

「我剛剛燉藥，想到幾個關於壺汁的問題，你可以陪我聊聊嗎？」

「可以。」

「我剛剛在速食店裡，偷偷把壺汁倒進一個外國人的杯子裡……」姜洛熙這麼說，捧起靈壺走進廚房。

他來到瓦斯爐旁，拿著大杓攪拌湯鍋，一面問手中靈壺：「我有點好奇，如果那外國人今天坐飛機離開台灣，你晚上還找得到他嗎？」

「這我沒試過，但我覺得可以……」

男人還沒說完，姜洛熙突然揭開身旁貼滿廢紙的小窗，猛地將靈壺擲出窗。

靈壺啪地砸在小巷對面公寓牆上，砸出一片壺汁。

肉瘤隨著破壺碎片，嘩啦啦落在小巷地上。

此時是正午，陽光將整條小巷映得亮白一片。

肉瘤微微冒煙，蠕動翻滾進排水溝裡。

「啊！那東西會跑啊！」姜洛熙見那肉瘤竟能躲避陽光，連忙關了爐火，抽了柄菜刀，準備出門追殺肉瘤——這次行動，除了那肉瘤會跑這點之外，一切都在他計畫之中。山哥說守護靈怕陽光，所以他將二樓門窗全封死，但廚房小窗就在瓦斯爐旁邊，他帶壺進廚房，假裝向守護靈問話，實則就是為了開窗扔壺。

他在速食店吃到中午才離開，就是為了在正午時刻實行這計畫，只有在正午時刻，這狹窄小巷，才能無死角地被陽光曬著。

他快速穿鞋，揭開大門，卻見壺中男人就站在門外。

男人頭臉滿是焦傷，兩隻眼睛憤怒圓瞪，不等姜洛熙開門，倏地穿門進來，一把將姜洛熙掐倒在地。

但此時的姜洛熙和昨晚的姜洛熙，有些不同。

他不再像昨晚那般手腳不聽控制，而是強橫地與男人爭搶起身體控制權。

「你……怎麼會？為什麼？」男人頭臉雙眼爬滿黑絲，自後抓著姜洛熙雙手，像是不明白自己為何無法順利控制姜洛熙身子。

男人一口咬上姜洛熙頸子，像是想再吸他血和陽氣，令他虛弱疲憊。

但男人隨即哀嚎起來，頭臉上的焦傷快速增加。

男人驚駭揪著姜洛熙手腕，將他拖往廚房，探頭湊近小窗，像是想瞧瞧底下發生了什麼事。

原來滾入排水溝躲太陽的肉瘤，被一隻壯碩大橘貓叼了出來，扔在小巷地上，任由陽光曝曬。

大橘貓昂起頭，舔舔爪，與二樓小窗內的男人和姜洛熙對望。

「哇——」男人仰頭咆哮，眼耳口鼻全溢出黑煙。

地上的肉瘤激烈掙扎蠕動，像是想再一次往水溝裡滾。

啪！大橘貓一掌拍在那肉瘤上，不讓肉瘤逃跑。

下一刻，大橘貓低頭一口咬住肉瘤。

二樓廚房，男人痛苦慘叫，右臂扭曲變形，這才鬆開姜洛熙的手，滾倒在一邊抱著身體痛苦哀嚎。

姜洛熙喘著氣，倚牆望著男人身子逐漸變形，最終四分五裂、漸漸消散。

他倚牆坐地，喘了大半晌氣，這才起身探頭往窗外看。

剛剛的大橘貓已經不知去向。

肉瘤也沒了。

拾

「什麼？你把靈壺砸了？」電話那端的吳立南，難以置信地問：「為什麼？」

「那不是好東西，那東西會要你的命。」姜洛熙說：「我們被山哥騙了，他哄我們養鬼，是想要害我們。」

「你……你說什麼？」吳立南不解地問：「為什麼你會這麼想？」

「是我的守護靈親口告訴我的。」姜洛熙說：「事情有點複雜，我們見面說……」

他看看時間，此時接近下午一點。「還是我去你家找你？」

「……」吳立南沉默半晌，說：「好。」

姜洛熙說：「你之前說過你把靈壺藏在床頭櫃裡，只有太陽下山之後才會拿出來，對吧。」

「對啊，怎麼了？」

「你聽好——」姜洛熙仔細說：「等等你回房間，把窗戶打開，然後把床頭櫃門板也打開。」

「為什麼要這麼做？」吳立南問：「靈壺不是怕光？」

「對，靈壺怕太陽。」姜洛熙解釋：「所以叫你開門開窗，讓陽光曬進房間，這樣靈壺裡的守護靈——不，是惡鬼，就沒辦法出來害你……嗯，算了，你如果害怕，就到樓下等我過去會合吧，我帶梅餅給你吃。」

「梅餅？那又是什麼？」

「是可以保平安的梅餅，等等你就知道了。」姜洛熙掛上電話，帶上背包，拍拍口袋，確認口袋裡還裝著不少梅餅，這才下樓。

他跨上腳踏車，回頭望了飲料店小妹一眼，像是在等小妹變臉——此時他隱隱明白，每當身邊鄰人變臉時，其實是給他指引。

「有事嗎房東，要喝飲料嗎？」飲料店小妹卻沒有變臉，笑著向姜洛熙打招呼。

「沒事，我在想事情……」姜洛熙搖搖頭，踩下腳踏車往吳立南家出發。心中思索著三不五時令身邊鄰人變臉的傢伙，究竟是誰？

他抬頭望了望天空。

是天上神明？

拾壹

吳立南個頭本來就矮，此時還駝著背，臉色難看得像是病危一般。

他佇在鐵門後，見姜洛熙到來，便開門領他進屋。

儘管吳立南並未特別遮蔽家中窗戶，但他家位置格局不佳，客廳仍十分陰暗。

「你家沒有窗戶嗎？」姜洛熙左顧右盼。

「我家又舊又破，很好笑吧。」吳立南冷笑說。

「我不是笑你。」姜洛熙緊張地說：「但是靈壺怕陽光，有陽光的話，壺裡的鬼就沒辦法亂來，你房間有窗戶嗎？」

「……」吳立南呆了呆，問：「你真的把靈壺砸了？」

「對啊。」

「為什麼？」

「山哥想用我的身體，養他師父魂魄——」姜洛熙說：「他要我們用自己的血餵守護靈，是為了讓守護靈的陰氣能更順利侵入我們肉身，他要我們騙人喝壺汁，是為了讓我們犯罪，犯了罪的我們，就不再受神明保佑，魂魄會被打下十八層地獄，肉身會被丟進大缸裡，當成他師父的新家！」

「什麼鬼啊？」吳立南聽姜洛熙一口氣嚷嚷這麼大串話，一時也難以消化。「你聽誰說的？」

「就是我壺裡那傢伙跟我說的，我能見到鬼了，也聽得見他說話。」姜洛熙再次強調：「你有聽懂嗎？是我那隻守護靈親口說的！」

「然後……」吳立南問：「你就把他給砸了？」

「他昨晚跟我說的，說要催眠我，讓我一早醒來什麼也不記得。」姜洛熙說：「但我醒來，還是記得一清二楚，他催眠失敗，所以沒有防備，總之很複雜啦，等等再說，你房間在哪？你把靈壺藏哪？」姜洛熙一邊說，一邊往房間找去。他先瞧瞧主臥房，不像是吳立南房間，跟著轉去另一間房。

房中凌亂陰暗，有書桌和單人床。

單人床沿坐著一個男人。

正是山博旭。

姜洛熙吸了口氣，僵在原地。

山博旭雙手捧著吳立南的靈壺，緩緩抬頭，盯著姜洛熙。

吳立南來到姜洛熙身後，怯怯地說：「早上我實在太難受，覺得自己要死了，所以打電話向山哥求救，山哥來看我，然後，你就打電話來了……」

「……」姜洛熙往後退了一步，像是想找時機逃跑。

但吳立南抓住姜洛熙手腕，像是早已和山博旭商量好聯手逮姜洛熙。

姜洛熙一拳打在吳立南鼻子上。

吳立南像是沒有料到平時斯文冷靜的姜洛熙，說出拳就出拳，他摀著鼻子癱軟倒下，姜洛熙躍過吳立南身子，往大門跑。

「嗯，這拳當機立斷，小子反應很好呀。」

一個少年聲音，自姜洛熙耳朵裡響起。

「誰？」姜洛熙被那突如其來的少年聲音嚇得停下腳步，左右張望幾下，然後才奔到門前，想要逃離吳立南家。

他剛開門，卻見門上「嵌」著一個女人，女人一頭長髮，雙眼又邪又魅，是山博旭的守護靈，柳兒。

柳兒一手竄來，掐住姜洛熙頸子，將他整個人掐倒在地。

另一邊，吳立南靈壺裡的小鬼也蹦蹦跳跳地撲來，抓著姜洛熙頸子就要咬，卻被柳兒一巴掌搧到角落，委屈地抱膝偷瞧姜洛熙。

山博旭從房中走出，拉起虛弱的吳立南，拍拍他的肩，說：「去擦擦鼻血、洗把臉，等等跟我回道場幫忙。」

姜洛熙被柳兒掐著頸子，感覺全身發麻、無法動彈——昨晚他被自己靈壺裡的守護靈掐著時，也是僵硬無法動彈；早上他吃了幾片梅餅，便能和那守護靈肉搏，然而剛剛他在樓下，特意吃了三片梅餅，但此時被柳兒掐著脖子，依舊無法動彈。

柳兒道行顯然勝過昨晚男鬼不少。

「山哥……你要我幫什麼忙？」吳立南洗完臉，抽了衛生紙，塞入淌血鼻孔，回到客廳見姜洛熙被掐得臉色發白，不由得有些害怕。「你要對……姜洛熙……做什麼？」

「他砸了我師父的遺物，欺師滅祖、大逆不道。」山博旭蹲在姜洛熙身旁，對吳立南說：「我要帶他回道場，執行家法。」

「家法是……」吳立南還想再問，卻見姜洛熙雙眼一翻，青光閃閃，整個身子直挺挺豎立起來，朝山博旭眨了眨眼——

柳兒附上了姜洛熙身子。

「走吧。」山博旭微笑起身，拍拍吳立南肩頭，說：「家法是什麼，等等就知道了。」他這麼說，向縮在角落的小鬼招了招手，指指靈壺。

小鬼倏地奔來，一個筋斗翻進壺裡。

山博旭將吳立南的靈壺收入自己帶來的黑布袋中，用黑繩綁實，拋給吳立南。「等等處理完這小子，我再幫你的壺加點藥。」

「是……」吳立南怯怯應答，跟在山博旭身後，關門下樓，坐進山博旭的黑色汽車，一路駛遠。

□

四十分鐘後，黑車駛入荒蕪田地裡一棟透天公寓空地。

這透天厝是山博旭住處兼道場。

三人下了車，進入公寓，來到地下室。

地下室布置得空靈雅致，吳立南來過一次，山博旭說他師父生前最愛窩在地下道場打坐冥想、祭祀先祖，本來的布置擺設更古老些，師父離世後，他按照自己喜好，將這道場布置得時尚些，彷如文藝咖啡廳般。

他領著兩人來到道場角落一處櫥櫃前，揭開兩扇櫃門，裡頭是神龕。

神龕上供著一尊黑色石像。

黑石像身上綑綁著符籙麻繩，雙眼蒙著一圈黑布。

吳立南上次也見過這黑石像，山博旭說這是他師父祖先，經子孫香火供養多年，已經成神，是他這門派之中的守護神。

山博旭在神龕上的小罈香爐裡點了片檀香，隨即揭開神龕旁壁櫥另一扇門，裡頭還有條向下的小梯。

吳立南這才知道這地下道場還有地下二層，他跟在山博旭、姜洛熙身後，也走入壁櫥，赤著腳走下木梯，踩著冰涼水泥地板，忍不住打了個哆嗦。

地下二層像是儲藏室，擺著數面貨架，堆著瓶瓶罐罐。

更前頭，還有兩間房間和一間廁所。

「我師父過世前幾年，就開始動手整理這間地下室。」山博旭轉頭微笑對吳立南介紹：「他要我在他死後，把他的魂魄封在他身體裡，藏在至陰之地，也就是這裡。」他一邊說，還順手從貨架上拿下一綑尼龍繩球。

「是……」吳立南點點頭，跟在山博旭身後，來到兩間房間外。

兩間房間門對著門，裡頭都貼滿磁磚，第一間房間儼然廚房內場，有流理台、瓦斯爐，和一座業務用冷凍櫃，天花板還裝著通風設備。

第二間房間裡有套木桌椅，上頭擺著幾樣法器和符籙，角落還有只大水缸。

那大水缸高及成人胸口，直徑接近兩公尺，裡頭蓄著滿滿的黑色藥湯，藥湯上漂著密密麻麻的古怪草藥。

濃濃的草藥味裡，混雜著淡淡的屍臭味。

山博旭拉來一張木椅，擺至房間正中，柳兒附在姜洛熙身子，脫去姜洛熙上衣，微笑入座，雙手按上椅臂。

山博旭將手中尼龍繩球拋給吳立南，指著姜洛熙，說：「把他手腳跟椅子綁在一起。」

「呃……」吳立南害怕地走到姜洛熙身旁，問：「把他綁起來……要幹嘛？」

「我有話要問他。」山博旭這麼說，跟著從櫥櫃裡拿出黃紙和筆墨和蠟燭、線香擺上木桌，接著畫起符來，像是準備開壇作法。「剛剛你也聽見了，他說他的守護靈告訴他一些事情，我想知道是怎麼回事。」

「他……他一定是搞錯了，山哥，你別跟他計較，他最近都怪怪的……」吳立南揪著尼龍繩一端，顫抖地湊近姜洛熙手腕，卻遲遲沒有綁他，而是打著哈哈說：「話說回來，他這麼晚才見鬼，他的身體爛透了，根本不適合養守護靈。」

「不。」山博旭捏著筆，回過頭，對吳立南說：「他的身體棒極了，我師父說這小子是千年難見的修道肉身，要我一定要把這小子弄到手。」

「什麼……」吳立南聽到這裡，忍不住哆嗦起來，低聲說：「所以……山哥，你真的……要用我們的身體來修煉……你師父的魂？」

「不是『你們』，沒有你，你的身體普普通通，沒有用處。」山博旭哈哈笑。「你乖乖當我的徒弟，幫我打雜跑腿，你那隻守護靈還是歸你，之後我會給你一些工作，論件計酬，你做多少事，我給你多少錢。」山博旭說到這裡，指了指姜洛熙，對吳立南說：「你第一個任務，就是把他綁好。」

吳立南還沒反應過來，見姜洛熙望著他眨眨眼，雙眼青光閃閃，裡頭的柳兒似乎等得不耐煩了，他連忙蹲下，將姜洛熙雙手雙腳，和椅臂、椅腳綁在一塊兒，跟著再將尼龍繩繞過姜洛熙的腰，將他上半身和椅背也牢牢綁在一起。

柳兒附著姜洛熙輕輕掙動，確認繩子綁得牢靠，這才離開姜洛熙身子，在山博旭身旁現身。

吳立南見姜洛熙怨懟瞪著他，連忙退開幾步，避開姜洛熙視線。

「好了。」山博旭轉過身，一手捏著筆、一手端著硯，來到赤著上身的姜洛熙面前，矮下身子在他胸腹上畫符，一面說：「你現在告訴我，你在阿南家講的那些話，是誰告訴你的。」

「我剛剛不是說了……」姜洛熙強忍著恐懼，說：「是守護靈跟我說的。」

「不可能。」山博旭說：「那位老兄嘴很牢的，不該說的話絕不會說。」

「我昨晚問他幹嘛告訴我這些。」姜洛熙說：「他說他只要對我耳語，就能讓我忘記聽見的東西，說讓我知道也無所謂。」

「……」山博旭望著姜洛熙，像是猜測他這番話是真是假。「但你醒來之後沒有忘，他的耳語對你無效？」

「對啊。」姜洛熙聳聳肩。「換我問你了。」

「你想問什麼？」

「你剛剛說，你師父說我的身體很棒，你師父認得我？」姜洛熙這麼問。

「是啊。」山博旭毫不掩飾地說：「我師父曾經派出家族守護神附上你身，柳姑說，你是她生前死後所見過最好的身體。」

「什麼？」姜洛熙瞪大眼睛。「你師父的……家族守護神，附上我身？附我身幹嘛？」

「拿人錢財替人消災——或者報仇。」山博旭哈哈笑地在姜洛熙胸腹間畫下符籙最後一筆，蹲在他面前，捏著毛筆湊在他臉前比畫，說：「你爸爸騙了很多人的錢，還慫恿他們向錢莊借錢，有些人還不出錢，帶著全家一起自殺——其中有個男人，為了報仇雪恨，委託我師父殺你全家。」

山博旭說到這裡，放下筆，微笑望著姜洛熙，緩緩說：「那個人，是我哥。」

「……」姜洛熙渾身顫抖起來，喃喃說：「我爸爸媽媽車禍死了，聽說是被鬼害死的，就是你師父幹的？」

「你聽誰說的？你爺爺？」山博旭哈哈笑說：「他有沒有告訴你，當年柳姑附在你身上，用你的身體咬爛你媽的臉，咬斷你爸爸手指，害他衝出高架橋，砸在地上燒成一團火球？」

「什麼……」姜洛熙瞪大眼睛，身子顫抖得更激烈，忍不住淌下淚，隱隱感到許多七零八落的拼圖，終於漸漸拼在一塊了……

他爸爸害了許多人，有人含冤橫死、有人憤怒報仇，甚至「借用」了他的身體，讓他親手害死父母，讓他那爸爸體驗一下被親生稚子凶殘殺害的感覺。

之後，神明出動乩身，驅走他身中惡鬼，封住他的眼。阿公也日復一日、年復一年，叮囑他要好好做人。

阿公不希望孫子步上兒子後塵，最終害人害己。

姜洛熙默默落淚，佇在一旁的吳立南，也被山博旭說的這段恐怖往事嚇得哭了。

姜洛熙想起喪禮上姑姑的冷淡反應、想起她望著自己時不時流露出的恐懼神情、不願意接他回家同住，以及她手腕上那圈齒痕，總算明白是什麼原因了。

許兩三說想找爸爸報仇的亡魂不止一個，自己時常遭鬼上身，或許他不但害死了爸爸媽媽，甚至也攻擊了姑姑、說不定還攻擊過阿公。

「那……」姜洛熙瞪著山博旭，哽咽地說：「你說我咬斷我爸手指，害他摔下橋，車子炸成一團火球，那我怎麼沒事？」

「因為柳姑看上你的身體。」山博旭說：「她覺得你這千年難見的好身體就這樣摔死、燒爛，太可惜了，她要師父等你長大，逮到你，用你的身體軀殼來養她的魂，好讓她借屍還魂——不過後來師父得了絕症，柳姑又將身體讓給我師父，讓師父先還魂，再替她尋找適合的身體。」

姜洛熙恨恨地問：「你接近吳立南，就是為了抓我？」

山博旭點點頭說：「對，我接近吳立南，就是為了接近你。」

吳立南抽噎著，一時不知該如何是好。

「就差最後一步了。」山博旭站起，向吳立南招了招手，將他喊來姜洛熙身旁。

「來，幫我把他抬起來，擺進水缸裡。」

「什……什麼？」吳立南害怕地顫抖起來，回頭看了那巨大水缸一眼，說：「這樣……他會不會淹死？」

「會。」山博旭說：「他不淹死，我師父怎麼借屍還魂？」

「那……」吳立南哭著問：「我不就是殺人嗎？」

「對，你是殺人沒錯。」山博旭點點頭。「別怕，殺人沒什麼，今天算是你第一件正式工作，我會給你工資。」

「你要給我多少？」吳立南聽見有錢拿，似乎沒那麼怕了。

「……」山博旭見吳立南遲遲不肯動手幫忙搬抬姜洛熙，漸漸有些不耐煩，正想撂些狠話逼吳立南就範，突然聽見電鈴聲。

「是誰？」山博旭感到有些古怪，他在其他地方還有住處，這道場極少有人上門拜訪，就連水電費帳單，都是寄去別處住所。

他放開木椅，向柳兒使了個眼色。「我上去看看，我回來之前，幫我搞定。」

「是。」柳兒微微一笑，來到山博旭本來的位置，稍稍施力，將整張木椅連同姜洛熙斜斜提起，但她沒有下一步動作，而是笑著瞅了瞅吳立南，輕輕吹了聲口哨。

吳立南身子一顫、肩頸一沉，感到有個東西攀上他的身——是那小鬼聽見柳兒號令，從靈壺裡跑了出來，控制吳立南身體，幫忙一起搬抬姜洛熙。

「喂、喂！」姜洛熙試圖掙扎，朝吳立南嚷嚷喊著：「阿南？你真的要淹死我？」

「不……不……」吳立南搖頭大哭，鼻涕眼淚淌了滿臉。「我沒辦法控制我的身體，我不想殺人啊……」

「別怕別怕，一下子就不難受。」柳兒一會兒安撫姜洛熙、一會兒安撫吳立南，說：「這次之後，我們就同在一條船上，是志同道合的朋友了，我爸爸復活後，會好好賞賜你的。」

「嘻。原來小子師父是女鬼爸爸，我就想怎麼也姓柳，真有趣。」陌生少年聲音再次在姜洛熙身中響起。

「誰？你是誰？」姜洛熙掙扎叫嚷：「有沒有人啊！快救我！外面的……」他還沒叫完，嘴巴立時被柳兒飄來的長髮堵著滿嘴，只能艱難地發出唔唔聲。

「嗚……嗚嗚……」吳立南在小鬼控制下，配合著柳兒，將姜洛熙連人帶椅舉上大缸頂部，然後緩緩放入藥湯中。

嘩啦——隨著姜洛熙沉入大缸，缸中藥湯連同湯上草藥，快速溢出缸外，淹了滿地。

吳立南雙腳被藥湯浸過，嚇得又一哆嗦，同時，由於漂在藥湯上的草藥都流洩到缸外，漆黑藥湯底下隱隱可見還坐著另一個人——

正是山博旭的師父、柳兒的父親，柳妙陽。

「爸爸，你千思萬盼的肉身，博旭幫你弄來了。」柳兒笑嘻嘻地說，一手按著姜洛熙的腦門，將他整顆腦袋全按入藥湯中。

姜洛熙雙手雙腳被緊緊捆縛，艱難閉氣掙扎，隱隱感到前頭有股妖異莫名的氣息，正迅速籠罩上他全身，甚至往他身子裡滲，忍不住睜開眼睛，覺得這藥湯刺痛眼睛，同時也隱約見到眼前柳妙陽那屍身貼了上來，柳妙陽的鼻子，幾乎抵上了他的鼻尖。

柳妙陽眼耳口鼻，滲出了漆黑漿汁，泥鰍般地往姜洛熙的眼耳口鼻裡鑽。

拾貳

「你是哪位？」山博旭來到大門前，開了門，望著站在門外的年邁老頭——許兩三。

「我來找一位朋友，年紀大概十六、七歲。」許兩三嘻嘻笑著，揚手大概比出姜洛熙身高。「個頭差不多這麼高，還在讀高中，我來帶他回家。」

「沒這個人。」山博旭搖搖頭，隨手就要關門，但被許兩三拉著門把不給他關門。

「你……你想怎樣？」山博旭有些驚訝眼前這老頭一副風吹就倒的模樣，力氣竟然不小，即便他加大了勁道，依舊關不上門，急得嚷嚷起來。「你到底是誰？」

「我？我只是個普通的退休老頭。」許兩三哈哈笑地大力一拉，將門硬生生拉開，也不顧山博旭攔阻，逕自踏進客廳。

「喂——」山博旭惱火按住許兩三肩膀，另一手拉著他胳臂，像是想將他扔出門外，但雙手感到許兩三襯衫裡頭那股異樣炙熱氣息，連忙嚇得縮手，退開兩步，急急喊著：「柳兒、柳兒！有怪人來找麻煩，快來幫我——」

他話還沒說完，大門磅地關上。

長髮飄飄的柳兒，自許兩三身後地板悄悄向上浮起。

許兩三轉身望著柳兒呵呵笑說：「就算活到了九十歲，看見漂亮女人，還是挺開心的，哈哈。」

柳兒也微微一笑，跟著低頭撲進許兩三胸口，附入許兩三身中。

許兩三唉呀一聲，四肢變得僵硬扭曲，搖搖晃晃地轉身，兩隻眼睛青森森地閃耀光芒。

「哼！臭老頭，你現在知道這裡不是你該來的地方了吧。」山博旭冷笑兩聲，上前拍了拍許兩三的臉。

許兩三登時變了張臉，雙眼青光消褪，四肢不再扭曲、身子也不再搖晃，像是恢復正常般，微笑對山博旭說：「小伙子，你這話啊，應該對我身子裡的漂亮女鬼說才對吧——我的身子，可不能隨便亂闖喲。」

他說完，神情再次猙獰、四肢也歪扭起來，嘴巴一張，響起柳兒的嘶吼哀嚎：

「火！他身體裡有火，好燙啊——」

「什麼？」山博旭嚇得後退兩步，驚恐問：「什麼火？」

「是三昧真火。」許兩三又恢復原狀，拍拍肚子、鼓嘴一吹，仰頭吹出一團碩大火球。

那是全身浴火的柳兒。

柳兒落在地上掙扎打滾老半晌，終於撲滅身上殘火，此時的她，一頭長髮皆被燒盡，頭臉皮膚滿是灼傷，慘叫幾聲，試圖遁進地板，卻又被許兩三以香灰繩子套著頸子，硬扯出來。

「你……你到底是誰？」山博旭此時嚇得退到門邊，指著許兩三斥罵。「你到底想幹嘛？」

「你問好多次，我也答好多次了——我是退休老頭，來找朋友。」許兩三東張西望。「我聽說你這地方還有地下密室，你把他藏在地下室裡？」他揪著香灰繩子，拖著柳兒自顧自地找了半晌，瞧見通往地下道場的樓梯，也不理山博旭在身後叫嚷，大步走入地下道場。

地下道場正中央，站著一個濕淋淋的人——

姜洛熙。

姜洛熙赤著上身，兩隻眼睛橙光閃動，望著被許兩三拖在身邊哭泣的柳兒，跟著望向許兩三。

「爸爸，這老頭用火燒我……」柳兒顫抖求救。「好痛啊！」

「師父！」山博旭也來到地下道場，見到姜洛熙身影，興奮嚷嚷：「你成功還魂了！」

「博旭啊……」姜洛熙此時說話聲音，和平時大不相同，像是一個老男人，這附在姜洛熙身上的傢伙，正是山博旭師父，柳妙陽。「我把女兒交給你，你怎沒保護好她？」

「不……我……」山博旭緊張解釋：「我不知道……這老頭身子裡帶著火，他……他……」

「停停停！」許兩三揚手打斷眼前師徒說話，瞪著姜洛熙說：「老傢伙，這孩子身體已經有人訂了，你快出來，那不是你能待的地方！」

「你懂個屁……」姜洛熙瞪著許兩三，望向地下道場神龕裡那尊黑石像，喃喃說：「我柳家祖母早將這孩子身體讓給了我，我答應她，會替她找來更好的身體——話說回來，你跟我柳家什麼關係？你也姓柳嗎？」

「啊？」許兩三愣了愣，也朝神壇看了幾眼，連連搖頭。「誰管你柳家還是誰家，那孩子身體，不是你柳家的，快滾出來！」

「你也想拿這孩子身體修道煉鬼？」姜洛熙冷笑兩聲。

「不是，我沒有拿活人孩子煉鬼的癖好。」許兩三搖搖頭，說：「是我老闆，不過他老人家也不是要拿孩子煉鬼，而是想收他進門，教他降妖伏魔，專打像你這樣的壞老鬼。」

「你老闆……」姜洛熙瞇起眼睛，望著許兩三。「是誰？」

「是我。」姜洛熙身中響起另一個尖銳少年聲音。

「喝！」柳妙陽猛地一驚，這才驚覺姜洛熙體內，竟不止自己一個，他控制姜洛熙四肢，跳了跳、轉了幾圈，驚恐說：「什麼東西在我身體裡？」

「你弄錯了。」少年聲音答：「我是在這孩子身體裡，不是在你身體裡。」

「什麼？」柳妙陽再次聽見聲音自姜洛熙喉間發出，嚇得六神無主，驚恐說：「你到底是誰？你也在孩子身體裡？怎麼可能？我完全感覺不到你啊！」他說到這裡，轉動姜洛熙腦袋，怒瞪向許兩三。「是你這老道幹的好事？你對我用了幻術？」

「沒有。」許兩三搖搖頭，說：「這不是幻術呀老鬼，是真的，我老闆前兩天就進這孩子身體裡了，他靜靜待著沒出聲，只是想瞧瞧你們究竟想玩什麼把戲。」

「你休想騙我——」柳妙陽尖聲咆哮，全身鼓動黑氣，凝聚在右手五指指尖上，撲向許兩三就要掐他頸子。

下一刻，姜洛熙的身子像是電影停格般，停在許兩三面前，指尖離許兩三頸子不到五公分。

「是這樣子的。」姜洛熙突然收手站直身子，揚手一翻，翻出一疊金光閃閃的黃金尪仔標，托在手上，喉間發出那少年聲音：「姜洛熙，你認得這東西嗎？」

「認……認得……」姜洛熙本能地答，猛地驚覺自己能夠說話了，但手腳仍不受自己控制，他說：「這是尪仔標，你……你……是誰？」

柳妙陽在姜洛熙身中咆哮：「怎麼回事？為什麼我不能動了？為什麼我出不去了？」

少年沒有理會柳妙陽，也沒有回答姜洛熙的提問，而是借用姜洛熙的手，捏起一張張尪仔標向姜洛熙展示。「這是火尖槍、這是風火輪、這是混天綾……你知道這些是什麼東西？」

姜洛熙點點頭，說：「這些是……哪吒三太子的武器，我阿公以前跟我講過。」

「對。」少年聲音答覆：「這些是我的法寶。」

「啊？」姜洛熙驚訝叫嚷：「你是哪吒！」

「小子！」許兩三忍不住插嘴：「叫太子爺……」

「太子爺？中壇元帥？怎麼可能？」柳妙陽困在姜洛熙身中繼續尖聲大叫：「我不信！若有神明進這孩子身中，我怎麼可能感覺不出來？我修道這麼多年，人味鬼味，什麼味我嗅不出來？幾公里外有幾間小廟，我都嗅得出來，怎麼可能嗅不出中壇元帥的神味？你到底是何方妖孽？敢用幻術騙我柳妙陽！」

「幻術？」太子爺聽柳妙陽喊他「妖孽」，不怒反笑，隨手翻出一道金符，塞入姜洛熙口中，跟著大力一掐姜洛熙咽喉，逼姜洛熙將金符嚥下肚。

「咕嚕——」姜洛熙感到一團暖和氣息流入腹中之後漸漸向四肢擴散。

「啊……」柳妙陽隨即發出了痛苦呻吟。「怎……怎麼回事？」

「雖然天上那些老傢伙們還有些不放心，要我多觀察你兩年。」太子爺淡淡笑著對姜洛熙說：「但我還是決定先賜你火血，反正火血這東西，真要取回，也不是不行。」

「火……血？」姜洛熙和體內的柳妙陽同時出聲。

「從現在開始，你的血中帶著三昧真火，陰陽兩界裡的惡鬼再凶再厲，也上不了你的身。」太子爺繼續對姜洛熙說：「當然，若有必要，你也能先施法熄火，誘鬼進身，然後關門放火——這一招，我每任乩身都會。」

姜洛熙口鼻冒出了淡淡焦煙，同時伴隨著柳妙陽的慘烈哀嚎：「啊！火啊——」

「別怕別怕。」太子爺笑著說：「只是幻術。」

「不是幻術、不是幻術！」柳妙陽哀嚎尖吼起來。「你……你真是中壇元帥……太子爺？」

「不是。」太子爺說：「我只是隻小小妖孽。」

「求求……您……饒了……」柳妙陽聲音漸漸微弱，直至無聲。

姜洛熙打了個嗝，冒出幾團焦臭黑煙，太子爺冷笑幾聲，說：「就算是過去那些陰間魔王，都不見得能嗅得出我，憑你這點道行？」太子爺跟著轉頭望向山博旭，對他說：「喂，姜洛熙那壺鬼之所以會供出你全盤計畫，其實是因為我好奇，所以趁壺鬼吸他血時，在他的血裡略施小法，讓那蠢壺鬼老實招供而不自知，現在你明白了吧。」

「你……真是天上那個中壇元帥？」山博旭顫抖地退到牆邊，緩緩移動，本想趁機偷溜，但見姜洛熙轉頭看他，猛地一驚，轉身要逃，卻見許兩三早一步攔在樓梯前。

「柳姑——」山博旭只好轉向奔到神龕前，抱下黑石像，七手八腳地扯下捆縛著石像的麻繩，揭下蒙著石像腦袋的布條，驚恐嚷嚷：「柳姑救我！救……」

山博旭還沒說完，瞬間神情僵凝，兩眼猛地呆滯，瞳孔快速縮小再激烈放大，整張臉變得黑青嚇人。

磅——山博旭捧著黑石像，重重往自己臉上砸。

磅磅磅——一下又一下地砸。

混天綾飛射而來，裹住黑石像，倏地一捲，便到了姜洛熙手中。

太子爺用姜洛熙的手，輕托著黑石像，瞧瞧還勾著石像胳臂的符籙麻繩。「這些都是封鬼的符咒啊……我大概知道是怎麼回事了，妳這些徒子徒孫，搶了妳原本看上的身體，還用符籙封著妳，卻對外說是妳主動將身體讓給他？」

「是……」黑石像發出奇異聲音。

「嗯。」姜洛熙盯著黑石像，太子爺說：「妳道行確實比剛剛那傢伙高上一截，見識也多些，知道這個時候，再要小伎倆，可是找死。」

「是……」黑石像裡的柳姑自是潑辣凶悍到了極點，但她好歹有百來年道行，見多識廣，知道自己被中壇元帥太子爺拿在手上，當然不敢造次，只乖乖地說：「太子爺呀，我……我無意作惡，都是這些後人子弟用邪術煉我，唆使我行凶，您一定要明察秋毫啊。」

「停，妳以前幹的那些屁事我沒興趣知道，妳下去之後自己和閻王解釋。」太子爺隨手一捏，黑石像應聲崩裂，柳姑也痛苦哀嚎。

碎石中落下一個老太婆，老太婆雙手被金繩縛在背後，雙肩、後頸、後背上一共插著五枚金針——她百來年道行，已被太子爺廢去，此時跪地哆嗦，一動也不敢動。

「我請陰差上來拘魂。」許兩三將柳兒也拖到柳姑身旁，捻出香灰，在一老一少兩鬼身前，畫下拘魂符。

姜洛熙望著跪在身旁的柳姑，當年就是她附在自己身上，藉他雙手害死父母；而那指揮柳姑行事的柳妙陽，已被燒得魂飛魄散。

「怎麼。」太子爺笑著問：「你想替父母報仇？行吶——」他這麼說時，姜洛熙面前緩緩豎立起一支金光閃閃的火尖槍，紅纓飄逸燃動。「你自己看著辦。」

「……」姜洛熙身子顫抖，搖搖頭說：「我……不知道自己有什麼立場報仇……」

「是呀。」太子爺點點頭，說：「冤有頭、債有主，你父母幹了傷天害理的事，仇家們找他夫婦倆尋仇合情合理，但株連到無辜家人孩子，那便超過了，至於這邪道一門，想利用凡人肉身，再行惡事，那又是另件罪過——你沒立場替父母報仇，但有理替自己報仇，如何？」

「……」姜洛熙仍搖搖頭，說：「你……剛剛說讓她自己跟閻王解釋，那就讓閻王來懲罰她吧……」

「呵。」太子爺笑了笑，眼前火尖槍立時消失。「你挺懂事呀，希望不是裝的。」

姜洛熙默默不語，太子爺又說：「你不是說，想見你祖父一面。」

姜洛熙啊了一聲，點點頭。「我想見我阿公沒錯……雖然我本來想問他的問題，已經有答案了……」

「你現在記得多少以前的事？」太子爺問。

「什麼都不記得……」姜洛熙茫然說：「我只記得那段時間，我做了一個好長的夢，夢裡的內容也不記得了，我清醒之後，一直和阿公生活在一起，以前的事也記不太清楚了。」

「是啊。」許兩三走來插嘴，說：「當時我雖封了你的眼，但你還是每晚作惡夢，你阿公拜託我想想辦法，後來太子爺向天庭醫宮討了些藥給你，你吃了那些藥，洗去了腦袋裡一些不好的記憶，但可能當時醫官藥下得重了，所以你連帶也忘了其他事。」

「原來是這樣……」姜洛熙沉思半晌。

「總之呢——」太子爺接著說：「我已經找著你祖父了，地府答應讓你下去見他一面。」

「啊！」姜洛熙驚喜問：「什麼時候？」

「現在。」太子爺這麼答。

下一刻，姜洛熙雙眼往上一吊，整個人失神暈厥，盤坐，一動也不動。

「小許啊，那頭牆上有道暗門，底下還有幾間房，裡頭另外有個被鬼附身的小子，交給你處理。」太子爺的聲音自姜洛熙身中發出。「我帶姜洛熙下去見他祖父。」

「是。」許兩三點點頭，回頭望了山博旭一眼，剛剛山博旭在柳姑控制下，拿著黑石像砸爛自己鼻子嘴巴，吐了一地鮮血和碎齒。

「你還好吧小子，要不要我幫你叫救護車？」許兩三這麼問。

但山博旭回頭瞥見柳姑還跪在地上，恨恨瞪著他，嚇得連滾帶爬地往樓上逃。

「唉……」許兩三嘆了口氣，來到太子爺說的牆邊，摸摸找找，揭開壁櫥門板，見到通往地下二層的木梯。

他走下木梯，找遍整個地下二層，還揭開房間裡那大冷凍櫃，只見裡頭擺著幾隻貓狗屍體，想來都是平時養鬼材料。

最後，他在地下二層盡頭，又找著一扇小門，門後是向上的梯子。

許兩三循著梯子往上，返回一樓後院，這才知道柳妙陽、山博旭這地下道場，還另外造著一條逃生暗道。

太子爺口中另個被鬼附身的小子，吳立南，此時已不知去向。

拾參

開學前九天，上午五點五十五分。

姜洛熙睜開眼睛，下了床，來到窗邊望著晴空白雲呆立半晌。

「洛熙起床！洛熙起床！」尖銳刺耳的怪聲在姜洛熙身後響起，一隻玄鳳鸚鵡飛到姜洛熙面前飄晃，嚷嚷怪叫：「啊！洛熙已經起床了？怎麼不等鳳仔叫你？」

姜洛熙聳聳肩，說：「我五點半就醒了。」

「五點半就醒了？為什麼？為什麼洛熙不乖乖睡覺？」玄鳳鸚鵡說：「太子爺不是要洛熙保持正常作息？」

姜洛熙沒好氣地說：「我昨天十點多就睡覺了。」

「十點睡覺，十一、十二……」玄鳳鸚鵡在空中邊飛邊數腳爪，像是在計算姜洛熙究竟睡了幾小時，直到他確認姜洛熙睡眠時間還算充足時，姜洛熙已經刷完牙洗完臉，換上外出衣褲，走下二樓客廳。

「洛熙，你要開工了？這麼早？」玄鳳鸚鵡跟在姜洛熙身後，嘰嘰喳喳地問：「今天有什麼計畫？」

「沒有計畫……」姜洛熙來到二樓後陽台，替陽台鐵窗上的鳥籠清理鳥屎，換水添飼料。

鳥籠正是這隻玄鳳鸚鵡——鳳仔的家。

「沒有計畫？那鳳仔來幫洛熙計畫好了。」鳳仔雙爪抓著鐵窗，閉目思索幾秒，興奮睜開眼睛。「我們去買玩具吧，今天是鳳仔的玩具日！」

「還要玩具？前兩天不是已經幫你買了玩具？」姜洛熙伸手指指鐵窗上兩串寵物鳥攀爬吊飾，再指向鳥籠旁一只鞦韆站架，說：「你已經有很多玩具了。」

「不夠不夠！」鳳仔連連搖頭。「前兩天是前兩天，前兩天的玩具日已經過了，今天的玩具日才要開始！洛熙，我們出發吧。」

「今天要開工。」姜洛熙轉身離開陽台，來到餐桌旁神龕前點香——此時神龕裡擺了尊小小的太子爺木像和一座小香爐，小香爐旁還有一只籤筒，筒裡十來支紙卷。

籤筒底下，壓著三張籤紙。

籤紙上擠著密密麻麻的火灼字跡，這是太子爺透過鳳仔傳達給姜洛熙的三件任務。

一週前，姜洛熙才剛問太子爺什麼時候能下陰間，下一刻，魂魄已經抵達陰間了。

陰間彷如陽世的鏡面，一邊向上，一邊向下。

陰間裡的建築物和陽世差不多，不過陰森古舊得多。

當時姜洛熙站在陰間道場裡左顧右盼，雖沒瞧見太子爺，但卻聽得見太子爺對他說話——原來天庭地府有過協議，除非遭逢重大事件、或是擁有雙方高層蓋章的臨時許可證件，否則天庭一定層級以上的神明，可不能隨便進陽世和陰間，必須附體乩身行事。

姜洛熙照著太子爺指示，走出道場，院子裡停著一輛黑車，車旁站著兩名身穿黑色西裝的陰差。

姜洛熙乘上黑車，一路駛向大閻羅殿，直登頂樓大輪迴盤，在一間休息室見到了阿公。

姜洛熙沒有問阿公為什麼編故事騙他，因為答案不言可喻。

他只說他已經知道爸爸媽媽以前做過的事情。

阿公倒也不驚訝，只苦笑回答：「這樣啊……」

姜洛熙說，阿公一直要他作個好人，但是怎樣的人才算是好人？

阿公苦笑嘆氣，說人生在世，很多事要自己一步步摸索，才能找出答案，每個人摸索出的答案，也未必一樣。

阿公又說：「洛熙啊，你比阿公聰明太多了，只要踏踏實實走下去，有一天會找到答案，比聽一個死掉的老人嘮叨更有用啊……」

祖孫倆望著窗外緩緩轉動、金光流溢的大輪迴盤，閒聊著這一、兩年來，姜洛熙獨自生活的點滴瑣事；阿公聽姜洛熙說自己為了見他一面，千方百計尋找見鬼的方式，不由得啞然失笑，說這孫子怎麼這麼傻。

姜洛熙則聳聳肩，說自己一個人也不知道要做什麼，當下想做就做了。

阿公說，既然沒有想做的事，那做太子爺乩身好了。

畢竟背後有太子爺罩著，就不用擔心過往父母那些仇家找上門了。

阿公說，自己這些年就只擔心這件事，畢竟他親眼見過被惡鬼附身的姜洛熙，窮凶極惡地死咬姑姑的手不放，一副要生啖姜家所有人的恐怖模樣。

當太子爺乩身，救世濟民，一來償還父母惡債，二來有太子爺盯著，誤入歧途的機率也小上許多，這麼多年的擔憂和盼望，總算解決了。

姜洛熙也沒多想，只說「好啊」。

半小時後，姜洛熙目送阿公登上大輪迴盤，望著大輪迴盤緩緩轉動，阿公離他越來越遠。

起初他微笑目送，直到阿公離他越來越遠，這才微微慌張起來，像是想起自己還有許多話沒講。

阿公漸漸被金光包裹覆蓋，大輪盤其中一端，轉進了黃金雲朵裡，另一側自金雲轉下的座位，則空空蕩蕩，準備迎接下一批「旅客」。

姜洛熙站在原地，發愣落淚好半晌，這才聽見太子爺的說話聲。

「你剛剛說，願意做我乩身。」太子爺問：「是真心的嗎？」

「是。」姜洛熙點點頭。

「原來這麼簡單，我本來以為很難呀。」太子爺乾笑幾聲：「我可準備了不少條件。」

「條件？」姜洛熙不解地問：「什麼條件？」

「怎麼說才好呢？」太子爺說：「我是天庭中壇元帥，負責剿滅陽世作祟惡靈和企圖擾亂陽世的陰間魔王，做我乩身，成天打打殺殺，很辛苦的；過往我的乩身，大都身懷罪過，或是遭逢變故，需要神力相助；對他們來說，當我乩身，不是贖罪、就是還債。」

「我害死爸媽……」姜洛熙嚥了口口水，心虛地說：「算有罪嗎？」

「不算。」太子爺說：「害死你父母的，是惡鬼和邪術士，與你無關。」

「好像是……」姜洛熙點點頭，呢喃說：「可那是也是因為我爸爸他……」

「你父親犯下的罪，也與你無關。」太子爺說：「我不瞞你，其實我找過你爸爸媽媽的魂魄，但找不到。」

「找不到？」姜洛熙呆了呆。「他們也輪迴了？」

「不，他們的刑期還有很久，本當繼續在十八層地獄受刑。」太子爺這麼說：「但我託地府尋覓許久，也沒找到他們——這也沒辦法，陰間極其黑暗，許多身懷重罪的罪魂，有各種辦法脫罪，也有更多無權無勢的罪魂們，會被魔王買去做為奴隸或是私兵，和其他勢力打殺，因此魂飛魄散者不計其數——」

「他們……魂飛魄散了？」姜洛熙喃喃地問。

「不一定。」太子爺說：「我只說找不著他們，是不是真魂飛魄散，我也不知道，但可能性很高。」

「我明白了。」姜洛熙點點頭。

「所以啊——」太子爺嘿嘿笑說：「我本來準備好的其中一個條件，也派不上用場了。」

「什麼條件？」

「如你願意當我乩身，那我會請求地府赦免你父母重罪，或是減輕刑期。」

「如果真的這樣做了，對受害人……公平嗎？」

「不公平，但對陽世有好處。」太子爺答：「你不知道前幾年陰間陽世發生過什麼事，所以沒辦法理解本元帥乩身對這陽世的重要性——總之呢，你並非負罪之身，我也不好太嚴厲管教你，你替上天工作，上天也會予你合理報酬。除了火血之外，之後我還會賜你蓮藕身，擁有蓮藕身，身體健康、百鬼不侵——不過這蓮藕身嘛，還得等天庭老傢伙們點頭，他們很囉唆的，你得有耐心。」

「是。」姜洛熙點點頭。

「不過若只如此，應當還不足以稱之為『報酬』。」太子爺說：「我會再和上頭討論你的合理『工資』，但你也得做好心理準備，所謂『工資』，自然不是讓你大富大貴，你要大富大貴，將來得靠自己本事。」

「我沒想過大富大貴……」姜洛熙乾笑兩聲——他七情六欲比常人淡薄，也沒有特別嗜好和志向，因此也不太需要錢。「有東西吃，有地方住就夠了。」

「嗯，有東西吃，有地方住，這挺容易。」太子爺滿意說：「那麼只剩最後一道手續了。」

姜洛熙面前浮現出一張金色合約，和一支金色鋼筆。

姜洛熙捏著鋼筆，在金色合約簽下自己的名字。

隔天，他得到了一枚金蛋。

再隔天，鳳仔破殼而出，嘰嘰嘎嘎地喊餓。

又隔天，鳳仔便長到成鳥體型，嘮嘮叨叨地向姜洛熙自我介紹、催他買鳥籠、鳥飼料、辣椒和鳥玩具，以及籤筒和籤紙——鳳仔平時的工作，就是從籤筒裡叼出籤紙，用鳥喙焚上一枚枚字跡，上頭是太子爺交給姜洛熙處理的案件內容。

此時壓在籤筒底下的三張籤紙，就是姜洛熙必須完成的三起案件——

有一對老夫婦亡魂常於自家及周圍鄰里間作祟，速速處理。

有一女子亡魂連日流竄市區、騷擾各地廟宇，速速處理。

你那吳同學被豢養惡鬼附體，藏匿市區多時，務必在他鑄下大錯，或危急自身性命前找到他，逮著他身中小鬼。

拾肆

「洛熙今天想做哪件工作？」鳳仔像隻蝙蝠般倒吊在神龕上緣比劃雙翅。

「……」姜洛熙盯著三張籤紙，思索對策。

這三天來，鳳仔不時將各地眼線回報的線索，轉告給他，讓他動身抓人，但他數次出動，都功虧一簣。

吳立南被壺裡那小鬼附著身子，速度快得像隻猴，姜洛熙不僅很難追得上他，且就算追上了，也打不贏被小鬼附體的吳立南。

他拉開神龕抽屜，裡頭有張全張尪仔標，全張尪仔標上，鑲有十二片尪仔標——火尖槍、乾坤圈、九龍神火罩僅只一片，豹皮囊、風火輪、混天綾各有兩片，金磚則有三片。

然而目前這全張尪仔標上，此時僅混天綾和金磚外圍有能夠拆卸的割痕，其餘五寶與整張卡紙相連，無法拆卸——鳳仔說這些尪仔標儘管只是太子爺正版法寶的複製品，但仍具有一定殺傷力，而姜洛熙目前還處於實習階段，尚未獲得全部權限。

「今天還是只能用金磚跟混天綾？」姜洛熙拆下兩張混天綾和三張金磚尪仔標收

進口袋，望著缺了幾個孔的全張尪仔標發愣。「混天綾綁不住小鬼，所以要用金磚畫鎮魔符……」

「不對不對。」鳳仔說：「混天綾當然綁得住小鬼，連大鬼也綁得住，是洛熙還不會控制混天綾！」

「對，我還不會控制……」姜洛熙無奈將全張尪仔標放回抽屜，緩緩關上抽屜，突然見到尚未關實的抽屜縫隙亮起金光，連忙再次拉開，只見兩枚風火輪尪仔標周圍亮起一圈金光，出現了拆卸痕跡。

「是風火輪！」姜洛熙連忙拆下兩張風火輪，抓在手上細看。

「洛熙可以用風火輪了！」鳳仔興奮亂飛。「有風火輪就能抓到臭小鬼啦！」

□

傍晚時分，姜洛熙頭戴鴨舌帽，在台南市區小巷弄裡緩步遊蕩。

他左耳裡塞著一只黃符折成的紙卷。

符紙卷響起鳳仔的聲音：「洛熙，鳳仔看到吳同學了。」

「盡量飛到他正上方。」姜洛熙立時取出手機，開啟GPS程式——鳳仔頸上掛著一只GPS防丟器，防丟器上還貼著一枚通訊六角符，這讓姜洛熙隨時掌握鳳仔當前位置，也能讓鳳仔透過六角符與姜洛熙說話。

姜洛熙在手機殼內側也藏入一張通訊符，在外與鳳仔聯繫時，便能假裝打電話，而不會顯得突兀古怪。

鳳仔一接獲陽世眼線通報吳立南大致位置，立時飛去搜尋，發現吳立南，便通知姜洛熙趕來逮人。

前幾天姜洛熙都騎腳踏車追人，但他人在車上，即便追近身，也無法即時動手壓制吳立南，一跳下車，又讓吳立南輕易逃脫。

但今天不一樣。

他有風火輪了。

太陽落下前，他花了一整天的時間，在自家和無人巷弄裡，按照鳳仔的指導練習風火輪。

他雙臂、膝蓋滿布擦傷和瘀青，額頭上還有一個腫包，全因為他不熟悉風火輪操作，失速跌撞數十次。

即便如此，此時他已十分有信心能夠擒下吳立南。

他捏出一片尪仔標，揉出一團金光，拍拍左腳、拍拍右腳，令雙腳外側分別附上一個直徑約莫十公分大小的迷你火輪。

他捏出第二張金磚尪仔標，揉成一支金色粉筆。

他盯著手機位置，逐步逼近鳳仔——也就是吳立南所在位置約莫三條街外一處巷口。他持著金磚粉筆在巷口左右兩側牆壁上畫下驅魔符。

兩道驅魔符微微閃耀金光，旋即隱沒於牆面。

這數天來，他已將驅魔符的畫法練得滾瓜爛熟，畢竟這可是他為數不多的驅鬼招式。

接著，他在風火輪加持下，以吳立南為中心，在其外圍的每條巷口一一畫上驅魔符。

另一邊，吳立南移動得十分緩慢，像個流浪漢般漫無目的地遊蕩，他好幾天沒回家、沒洗澡，渾身髒臭無比。

「鳳仔……」姜洛熙來到了距離吳立南數十公尺遠的巷口，舉著手機，透過藏在手機殼裡的通訊符籙，對鳳仔說：「阿南沒發現我吧？」

「應該沒有……」鳳仔在高空盤旋。「洛熙要行動了嗎？」

「對，開始行動！」姜洛熙這麼說，加快腳步往前，進入一條防火小巷，遠遠見到吳立南蹲在餐廳後門廚餘桶前翻找食物。

姜洛熙繼續往前，距離二十五公尺，吳立南仍未發現姜洛熙，一把一把地撈出廚餘桶裡的剩菜往嘴裡塞。

姜洛熙逼近十五公尺時，吳立南停下動作。

九公尺，吳立南回頭，朝姜洛熙咧嘴一笑，拔腿就跑。

姜洛熙猛一蹬地，整個人飛快往吳立南衝去，沒幾步便衝到吳立南身後，伸長胳臂向前一抓，揪著吳立南頭髮。

「噫——」附在吳立南身上那小鬼尖叫一聲，像是沒料到姜洛熙能跑這麼快，猛力扭身掙脫，蹦蹦跳跳衝進拐巷。

姜洛熙扔下手中一大撮頭髮，飛奔追上。

吳立南陡然轉向，蹦上窄巷牆面，翻了個跟斗越過姜洛熙頭頂，往反方向逃。

姜洛熙腳上附有風火輪，煞車不及，衝出兩三公尺才勉強轉頭再追，沒幾秒又追上吳立南。

一把抓去，只稍稍觸著他肩頭，又被小鬼扭身蹦遠。

姜洛熙花了一整天時間，學會催動風火輪之力，奔跑速度雖比先前增快數倍，但還無法隨心所欲地急煞、轉向，接連幾次撲擊都被那小鬼扭身轉向逃開。

然而小鬼也漸漸毛躁起來，前幾日他還悠哉戲弄姜洛熙，卻不料今日姜洛熙跑這麼快，好幾次揪著他頭髮，可嚇壞他了。

小鬼不想再和姜洛熙糾纏，連續轉了幾個彎，往巷口奔去，想奔上大馬路，強闖車陣，賭姜洛熙不敢硬追。

但小鬼剛逼近巷口，就被巷口一陣金光嚇退——姜洛熙在十來處巷口都寫上驅魔符。

驅魔符金光炙熱，小鬼不敢硬闖，轉身只見姜洛熙已經追到身後。

小鬼附著吳立南高高躍起，再次閃過姜洛熙撲擊，但這一次，姜洛熙並未完全撲空，而是抓住了吳立南側背包肩帶。

吳立南的側背包裡裝著靈壺，只要搶下靈壺，這小鬼便沒戲唱了。

小鬼氣急敗壞地揪緊背包肩帶與姜洛熙近身肉搏，一拳一拳往姜洛熙頭臉上打，還一口咬上姜洛熙胳臂。

下一刻，小鬼卻讓眼前花花亂亂的紅光嚇傻了眼。

混天綾自姜洛熙拳頭指間縫隙射出，唰地捲上側背包、勒上吳立南全身。

小鬼急忙竄逃出吳立南身子，飛蹦上樓房牆面，朝著姜洛熙齜牙咧嘴。

姜洛熙抖抖手，令混天綾鬆開吳立南。

「怎……怎麼了……洛熙？」吳立南虛弱伏地，吃力地望著姜洛熙。「我怎麼……

在這裡？這裡是哪裡？」

「你被小鬼附身好幾天了。」姜洛熙提著背包，來到吳立南身旁蹲下，抬頭見牆上小鬼逃進小窗，便揭開背包，取出靈壺。

姜洛熙掏出剩餘的金磚粉筆，準備拋入壺內，給予壺中肉瘤致命一擊，但他揭開壺蓋，卻見壺裡空空如也。

肉瘤不在壺裡。

「怎麼回事？」姜洛熙呆愣愣抬頭望向吳立南，卻見吳立南歪著頭站在他身旁，手上還托著一塊磚。

下一刻，吳立南手上的磚，重重砸上姜洛熙腦袋。

姜洛熙撲倒在地，眼前花花亂亂、天旋地轉。

「成功了、成功了，老大！」吳立南興奮怪叫：「老大，我打倒洛熙了，快回到我身上！老大！我不能沒有你！」

「噫！」小鬼倏地穿牆而出，再次附進吳立南身上——吳立南幾天來被小鬼附身耳語蠱惑，自我認知已從主人變成了小弟。

小鬼附著吳立南，矮身撿起碎成兩塊的磚，騎跨上姜洛熙後背，盯著姜洛熙後腦，高高舉起手上半塊磚，像是想要給予連日糾纏不休的姜洛熙致命一擊。

但小鬼沒有下手，雙眼盯著走入巷口那隻大橘貓。

大橘貓小小的爪子每一次踏地、抬起、踏地、抬起，都散發出強烈的壓迫感。

小鬼連忙放下磚，附著吳立南逃遠。

大橘貓來到姜洛熙身旁，靜靜坐著，偶爾舔舔爪子。

拾伍

開學前八天。

「洛熙起床！洛熙起床！」鳳仔飛進姜洛熙房間盤旋叫嚷：「六點整，該起床了。」

姜洛熙睜開眼睛，疲憊下床，搖搖晃晃走到廁所，照著鏡子。

他額頭上的腫包還沒消褪，腦門上也腫了一個大包，是昨晚被吳立南持磚砸出來的。

昨晚他暈厥十餘分鐘，被路人喊醒，沮喪返家——原來那小鬼知道靈壺裡的肉瘤是自己弱點，已將肉瘤藏在他處，且吳立南被小鬼蠱惑心智，即便小鬼離體，他也仍處於心神失常的狀態。

這表示，姜洛熙得以一敵二。

「洛熙今天要做什麼？繼續去追吳同學？」鳳仔在廁所門外飛繞。

「……」姜洛熙從廁所出來，坐在床沿，持著手機，盯著手機翻拍的三張籤紙內容。「先去看看陌青情況……」

□

陌青姓徐，兩年前身故時，還不滿二十歲。

死因是跳海自殺。

陌青的爸爸年輕時可威風了，生得又高又帥，高中時一口氣交七個女朋友，分布在四間高中、兩間大學和一間國中，出社會時，一度被星探看上，想栽培他當偶像，但簽約前幾天，經紀公司打聽到他從國中就加入幫派，還染上毒癮，便打了退堂鼓。

陌青的媽媽還沒滿十八歲就進酒店工作，不到半年時間就成為該酒店頭號紅牌。之後連續幾年蟬聯該酒店業績冠軍。

陌青媽媽工作的酒店老闆，和陌青爸爸堂口老大是兄弟。

兩人在幫內大哥七十大壽舉行的千人宴席上相識，一見鍾情。

迅速陷入熱戀的兩人一起喝酒、一起打牌、一起鑽研怎麼出老千，也一起吸毒。

天造地設的一對。

陌青媽媽懷上陌青時，十個月內二度酒精中毒送醫，第二次被醫生嚴厲訓斥，她如果不在乎肚子裡的孩子，那不如拿掉算了。

正義的醫生隔天被陌青爸爸揍得躺進自家醫院。

陌青爸爸則進了看守所。

神奇的是，陌青出生時，奇蹟般地十分健康。

陌青讀大學時，被校內何姓學長看上。

何偉志的爸爸是陌青爸爸堂口大哥的叔叔，同時也是陌青媽媽那家酒店老闆的叔叔；何爸爸老來得子，因此何偉志不論是幫中輩份還是親族家譜上，和陌青父母頂頭老大都算是平輩。

在何偉志耍賴要求下，何爸爸向兩位姪子打了招呼，請陌青父母吃了頓飯，順便提親。

陌青父母對此不但沒有半分猶豫，甚至於喜出望外，沒問過陌青的意見，當場答應了這門親事。

何爸爸樂得當場應允拉拔陌青爸爸成為堂口二把手，且與陌青媽媽共同獲得旗下一間知名酒店的經營權。

之後，便是陌青長達一年的家庭革命。

陌青誓死不嫁何偉志，三度逃家被抓回來。

一年前的情人節，陌青被強押上何偉志的車，要她陪何偉志看夜景。

整隊車浩浩蕩蕩出發，七輛跑車五顏六色的霓虹燈彷如馬路上的煙火秀。

行經大橋時，陌青跳車了。

她在地上滾了七八圈後，不顧手腳頭臉上大片擦傷，使出全部的力氣，奔到橋邊，跳了下去。

當時的她怎麼也沒想到，即便這樣做了，依舊擺脫不了何偉志的糾纏。

不久之前，何偉志酒駕喪命，亡魂鬼哭狼嚎地在親友間現身，說死也要娶徐陌青。

何爸爸再次請陌青父母吃飯，提出冥婚親事。

陌青父母喜極而泣，都沒想到本來飛了的堂口二把手跟酒店經營權，還能這樣失而復得，隔天便奉上陌青的牌位和骨灰罈，全權交由親家處理。

何爸爸花費鉅資聘請各路高人、法師，想盡辦法將陌青亡魂從陰間拘上陽世，準備和何偉志成親。

陌青再次展開逃亡，儘管她早死一年，又因死時恨意滿滿，道行略高於何偉志，但何偉志身旁有法師聘僱的陰間嘍囉，加上骨灰罈被法師掌握，不論逃到哪兒，很快都會被找到。

陌青索性逃進廟裡，想和何偉志那群追兵拚個玉石俱焚。

這便是此案來由。

兩天前，姜洛熙按照鳳仔提供的線報，前往一處民宅小廟，向嚇傻了的老廟祝表明來意，說自己應該幫得上忙。

老廟祝住在二樓，一樓開廟，她說廟裡供桌下躲著隻女鬼，一到晚上就哭，哭得悽慘至極。

廟裡女鬼一哭，廟外也會颳起陰風、響起鬼嚎。

老廟祝說這情況已經持續了好幾天，街坊信徒聽到傳聞，都不敢上門，老廟祝平時也只敢在正午時分，下樓進廟裡簡單打掃、上香，然後便拉下鐵門，返回自家。

那天，姜洛熙踏進廟裡，來到供桌前，揭開桌布，裡頭果然躲著一個身披婚紗的女鬼。

陌青身穿白色婚紗，抱膝坐在地上，身旁還伏著一隻三花貓。

她臉色蒼白，已經虛弱至極，一見姜洛熙掀起桌布，嚇得想要往外逃，但被姜洛熙抓住腳踝，掙脫不了。

姜洛熙按照鳳仔指示，以金磚粉筆在地上寫下一道拘魂令，跟著蹲在陌青身旁，聽陌青哭訴整段委屈遭遇，卻遲遲等不到陰差上來。

他又一連寫下三道拘魂令，這才有個陰差氣呼呼地現身，扠著手問姜洛熙是不是找碴？

姜洛熙說自己不是找碴，是按照籤令，將流竄人間的作祟野鬼逐回陰間。

沒想到那陰差上前打量陌青一番，指著繫在她右腳踝上的一面令牌，說這是閻羅殿頒布的特殊陽世許可證，佩戴此證者，陰差無權拘捕。

陌青向陰差申冤，說自己從未申請這樣的證件，這是何偉志家人為了逼她冥婚，聘請法師在她骨灰罈裡動了手腳的結果，她求陰差帶她下去，她寧可坐牢，也不要嫁給何偉志。

陰差無奈之下，只能拿出手機隨便替陌青錄下幾段自白，說會調查清楚，但地府很忙，可能得花點時間。

□

這天，姜洛熙再次來到小廟，向老廟祝打了招呼，走進廟裡，掀開神桌布時，只見陌青氣色更糟了。此時的陌青雙眼閉著，一身婚紗都濕淋淋的，像是融化的雪人般狼狽。

三花貓則靜靜伏在陌青旁，不時用腦袋蹭蹭陌青身子，像是看得見陌青一般。

「連續幾天躲在廟裡，就算神明可憐她，不用神力烤她，她也沒辦法再撐下去了。」鳳仔攀在姜洛熙肩上，望著奄奄一息的陌青。「再過兩天，她魂飛魄散，這案子就算完成了。」

「什麼？」姜洛熙愣愣說：「這樣算案子完成？」

「是呀。」鳳仔說：「太子爺要你解決進廟作祟的女鬼，女鬼魂飛魄散，不就等於解決了嗎？」

「這樣不太好吧……」姜洛熙問：「沒有其他辦法嗎？」

「還有什麼辦法？」鳳仔反問：「陰差不收女鬼，就算送她回陰間，那法師還是會派嘍囉揪她上來，跟何學長結婚呀。」

「可是……」姜洛熙搖搖頭，再問：「如果換成許老哥，也會這麼處理？」

「換成兩三爺爺呀……」鳳仔想了想，說：「兩三爺爺應該會找出法師，把法師打一頓；再找出何偉志老爸，把何偉志老爸也打一頓；再找出女鬼爸爸媽媽，把他們也打一頓；最後把何偉志跟那些鬼嘍囉打一頓——打到他們投降、打到他們放棄逼女鬼結婚，女鬼就不用躲在廟裡哭了。」

「啊？乩身可以想打誰就打誰？」姜洛熙呆了呆。「這樣算是解決問題嗎？」

「不然咧？」鳳仔不耐煩地說：「洛熙問鳳仔怎麼解決問題，鳳仔說了洛熙又不信，那洛熙幹嘛問鳳仔？」

「……」姜洛熙猶豫半晌，說：「先幫她換個地方躲吧，這裡沒辦法待下去了。」

「不……不行……」陌青聽見姜洛熙說話，緩緩搖頭，說：「我不走……我離開這間廟，何偉志就會來抓我。」

「我老闆是太子爺，我把妳帶在身邊，那些流氓應該沒這麼大膽子抓妳吧。」姜洛熙問鳳仔：「有沒有能把鬼裝進小壺子、小罐子裡的符咒？」

「鳳仔不知道把鬼裝進小壺子裡的符咒。」鳳仔說：「但鳳仔知道把鬼裝進傘裡的符咒。」

「傘？」姜洛熙哦了一聲，說：「也行啊，怎麼寫？」

「你先去買把傘呀。」鳳仔沒好氣地說。

拾陸

午後，姜洛熙坐在速食店用餐，不時瞧著插在背包側袋裡的黑色折疊傘。傘裡藏著陌青。

「洛熙吃完了沒？」鳳仔佇在速食店對面公園樹梢，透過符紙與姜洛熙通話。「鳳仔等好久了。」

「快吃完了。」姜洛熙舉起手機回話。

「鳳仔幫洛熙安排好下午的行程了，去逛寵物店買鳳仔的零食跟玩具。」

「好幾天了，三件案子一件都沒完成……你還有心情逛街買玩具？」

「有。」

「我沒有。」

「洛熙沒有沒關係，陪鳳仔逛就好。」

「先把工作做完。」姜洛熙一面咬著漢堡，一面說：「有沒有阿南的消息？」

「沒有……」鳳仔安靜半晌，說：「不過洛熙……陽世眼線回報，前兩天那對老夫婦被抓起來了。」

「啊？」姜洛熙驚愕問：「他們又跑去嚇當舖老闆，所以被陰差抓？」

「不是……」鳳仔說：「眼線說，老夫婦在賭場幫阿康作弊出老千，結果那間賭場裡有鬼保鏢，把老夫婦押了，叫阿康拿五百萬去贖他爸媽。」

「什麼！」姜洛熙腦袋亂成一團，怎麼也無法想像那對古意老夫婦，竟會上賭場幫兒子出老千。

數天前一個晚上，姜洛熙窩在一家當舖店外守株待兔。

當舖剛打烊，老夫婦就現身了，他們飄在當舖老闆身後，一路跟蹤老闆返家。

由於姜洛熙早一步在當舖老闆家門前以金磚粉筆寫下驅魔符，老夫婦本想跟當舖老闆進門，卻被驅魔符震飛，卡在對面牆上哀嚎連連。

姜洛熙這才現身，捻出香灰化成繩圈，縛住老夫婦手腳，將兩老從當舖老闆家門前拖去鄰近公園，綁在樹上，準備燃符通知陰差前來拘魂。

兩老道行低微，無論怎麼掙扎也沒有用，只一個勁哀哭求饒，說他們並非蓄意嚇人，只是希望托夢和當舖老闆「溝通溝通」，拜託老闆之後別再收兒子拿來的東西、不要再給他錢去賭。

老夫婦說他們就阿康這麼一個兒子，活到快五十歲，沒有工作也沒有一技之長，平時除了喝酒就是賭博，要是繼續賭下去，勢必要連唯一的房子也輸光了，到時候阿康就要露宿街頭了。

姜洛熙問老夫婦，為什麼只嚇當舖老闆，不嚇自己兒子。

老太太說兒子從小怕鬼，怕嚇壞他。

老先生則說，他們已經很努力向兒子托夢，兒子在夢裡都很乖，總是哭著認錯，說自己再也不賭了，但每次醒來，接到朋友電話，又忍不住這裡翻翻那裡找找，翻出老媽生前到處亂藏的私房錢，就以為好運臨頭，殺去賭場揮霍了。

姜洛熙見老夫婦說得誠懇、哭得可憐，便收去了符令，要老夫婦別再騷擾當舖老闆，若真擔心兒子，就直接在兒子面前現身，好好教訓他一頓。

現在想來，老夫婦這兩天當真在兒子面前現身了。

結果不但沒有管教好兒子，反而被兒子拉去賭場幫忙詐賭。

「現在怎麼辦？」姜洛熙匆匆離開速食店，騎上腳踏車，一時卻不知該往哪兒騎。

「洛熙！」鳳仔落在姜洛熙肩頭，說：「眼線說，阿康買了一包炭，在家裡邊哭邊喝酒，好像想自殺。」

「什麼！阿康家在哪？」姜洛熙大力踩動踏板，照著鳳仔指示，騎往阿康家。

□

二十分鐘後，姜洛熙踩著風火輪，攀上阿康家廚房窗外、擊破窗戶，翻身進屋、衝去客廳。

只見阿康窩在沙發上，光著屁股，一手持著手機、一手握著生殖器。像是在忙。

一旁大鍋裡的炭猶自冒著煙。

「你……你是誰啊！」阿康被從廚房殺出的姜洛熙嚇得魂飛魄散。

「你……」姜洛熙一時也不知所措，只好說：「你爸媽被抓了，你不想辦法救他們，還窩在家裡喝酒打手槍？」

「你……你怎麼知道我爸媽的事？你到底是誰？」阿康拉上褲子，縮到沙發角落，瞪著姜洛熙說：「你是賭場的人？你幾歲啊？」

「我不是賭場的人。」姜洛熙搖搖頭，一面開窗透氣，一面對阿康說：「我是……你爸媽朋友。」

「我爸媽早死了！」阿康尖叫，拿起桌上酒瓶就往姜洛熙身上砸。「你到底是誰？」

姜洛熙連忙閃身，他腳下附著風火輪，情急之下出力太大，雖成功閃開酒瓶，但整個人撞上牆，摔得人仰馬翻。

「喝！」阿康見姜洛熙這古怪行徑，倒是有些害怕。「你……你到底想幹嘛啊？」

「我……」姜洛熙搖晃起身，瞪著阿康，說：「我來阻止你自殺啊……」

「我自殺關你屁事！」阿康怒罵，突然又有些害怕。「你……你怎麼知道我要自殺？你真認識我父母？」

「你帶你爸媽去賭場詐賭。」姜洛熙說：「你爸媽被賭場裡的人抓了，等你帶五百萬去贖回他們，你五百萬準備好了沒？」

「我哪來五百萬！」阿康哭吼：「我把家裡的房契拿去錢莊借錢，帶著錢去賭一把大的，以為有老爸老媽罩，穩贏不輸，誰知道……賭場也有請鬼看門！」

兩天前，阿康睡夢中見到父母，起初摟著老爸老媽講了些往事，接著漸漸覺得奇怪，這夢未免太長了。

且十分逼真，逼真到有了尿意。

他下床尿尿，在廁所裡越想越不對，返回房間時，仍見父母坐在他床沿，當場嚇得腿軟，原來不是夢，他父母真現身了。

老夫婦苦笑上前將阿康攙扶回床上，拍拍他的臉，拍拍他腦袋，要他別怕，說老爸老媽不是來害他，是來幫他的。

直到那時，阿康才知道，原來這陣子幾家當舖開始拒收他帶去典當的東西，是因為老爸老媽每晚找當舖老闆「溝通」所致。

老夫婦要阿康去找份正經工作，別再妄想一夜致富，說再賭下去，會萬劫不復的。

阿康哭著說自己什麼也不會，年紀也不小了，沒體力去工地、沒腦子坐辦公桌、沒興趣幹保全、也懶得開計程車、更不想當外送員……他只希望爸媽能活過來，像以前一樣照顧他。

他好懷念以前茶來伸手、飯來張口的日子。

他氣罵爸媽幹嘛這麼早死。

老夫婦哭著說，他們也不想死，奈何時候到了，躲也躲不過。

阿康抱著爸媽大哭說自己就是個廢物，沒有人照顧什麼都不行，不如一起死算了。

一家三口哭成一團，直到阿康哭得累了，不知怎地突然靈機一動，說有辦法了。

他說他這辦法需要爸媽幫忙，順利的話，他這輩子就翻身了。

爸媽問他什麼辦法。

他說，如果他上賭場玩撲克牌時，爸媽幫忙偷看別人的牌，然後打暗號給他，他贏面就大得多了。

爸媽說這不是詐賭嗎？這樣好嗎？

他說自己人生之所以這麼爛，都是因為爸媽生了顆爛腦袋和一張醜臉，也沒花心思栽培他一技之長，這可是他人生最後一次機會了，如果這點忙都不幫，那自己遲早也是死，既然都是死，又何必干涉他賭博，不如讓他在死之前，喝個痛快、賭個痛快。

爸媽莫可奈何，只得答應幫他詐賭。

翌日傍晚，阿康帶著房契和爸媽抵達賭場，先去賭場附設錢莊，用房契和身分證、印章，換得三百萬籌碼，信心滿滿地入座，玩的是梭哈。

他的戰術十分簡單，爸媽替他偷看對手底牌，也不打暗號，直接喊給他聽，他能贏就梭哈，不能贏就棄權。

頭十場，他棄權五場、梭哈四場，還自作聰明地故意輸掉一場。

他桌上籌碼從三百萬，增加到五百萬。

兩個賭客氣呼呼地下場。

再來十場，他棄權四場、梭哈四場，故意輸兩場。

籌碼增加到六百六十萬。

第二十一場，不知怎地，他東張西望，就是沒見到他爸媽，他棄權這場。

接下來三場，他依舊沒看見他爸媽，只好全數棄權，正當他開始猶豫是不是該見好就收時，他感到背後一陣涼意，他回頭，只見一個陌生臉孔，貼在他臉旁。

那張臉青森蒼白，兩隻眼睛烏灰渾濁，彷如一具死屍。

他嚇得想要大叫，但不僅渾身無法動彈，且叫不出聲。

那傢伙一手按上他腦袋，將他腦袋轉回牌桌。

他見到自己父母，被幾個臉色怪異的惡鬼架著手腳，掐著嘴巴。

賭場主人領著幾個隨從，來到賭桌邊入座，要親自下場和阿康玩玩。

阿康無法言語、無法動彈，雙手被身後那鬼扣著，替他拿牌。

這場，阿康拿了三張老K，賭場主人棄權。

下一場，阿康拿了兩對，賭場主人梭哈，阿康被迫推出所有籌碼跟了。

賭場主人開牌，也是兩對，但是大過阿康。

阿康數百萬籌碼轉瞬歸零。

然後，賭場主人笑呵呵地起身，走來拍拍阿康肩膀，示意小弟請他喝茶。

阿康被帶進地下小房裡，被迫喝下一整壺用菸屁股泡成的茶，外加在一張五百萬元本票上簽名蓋印。

阿康的父母，則被賭場主人，囚進兩只小茶壺裡，貼上符籙。

賭場主人告訴阿康，要是他一週內拿不出五百萬，就會再次把他架來，讓他喝下用自己父母亡魂泡成的茶。

阿康返家之後，覺得自己走投無路了，翻出最後的零錢，買了酒菜和木炭，想死個痛快。

死之前，想再爽一下。

還沒爽完，姜洛熙就衝進來了。

拾柒

姜洛熙持著手機，望著對街那棟四層樓透天公寓，那兒就是逼阿康簽下本票的賭場。

阿康說賭客們會將車停在賭場附近一家快炒店的停車場裡。快炒店和停車場的老闆，同時也就是賭場主人，黑蛇爺。

不久前，阿康哭哭啼啼地握著姜洛熙的手，發誓如果姜洛熙救回他爸媽魂魄，還替他取回房契、印章、身分證和那張五百萬本票，他就不自殺了，他會找份正經工作、重新做人。

雖然太子爺那籤令裡，只寫明要他「處理作祟的老夫婦」，可沒要他這高中生教導那年近五十的阿康如何做人。

但更像是一道測驗姜洛熙性情和智慧的題目。

他想來想去，「消滅老夫婦魂魄」、「等阿康輸光房產和內臟，就再也不能賭博了」亦或是「阿康自殺、老夫婦魂飛魄散，事情完美結束」等等結局，應當都不會是太子爺和其他長官認可的正確答案。

或者說，那些結局，連姜洛熙自己也無法滿意。

想來想去，奪回阿康的父母亡魂，給予阿康一次救贖自我的機會。

似乎才是這張籤令最完滿的答案。

似乎才是神明使者在陽世該做的事。

但該如何完成呢？

僅是高中生二年級的他，究竟該如何從那老辣的黑蛇爺手裡，奪回那些東西？

他思索老半天，喝光整瓶飲料，試著從腦袋裡那些不怎麼豐富的電影、漫畫記憶裡，拼湊出一個厲害特務、潛入賭場，神不知鬼不覺地將重要物品偷竊出來的過程——但實際上該如何進行，他一點也沒有頭緒。

他覺得大搖大擺走正門進賭場討要東西，似乎太招搖了，他猜測透天厝後方說不定有隱密小道或是後門。

他繞到透天厝後方，確然見到後院圍牆還有道後門，後門沒關，後院裡有兩、三名刺龍畫鳳的傢伙，在門內擺著小桌，喝茶閒聊，顯然是在站崗。

姜洛熙牽著腳踏車，假裝路過，卻聽見門內大漢吆喝起來。

他回頭，兩名剽悍男人走了出來，堵住了他的退路，說：「小朋友，你要去哪裡？」

「我……」姜洛熙搖搖頭，說：「我只是路過……怎麼了？」

「路過？」青襯衫男人伸手拍了拍姜洛熙肩頭，指著姜洛熙前方小路，說：「前面都是我們公司倉庫，沒路耶，你要路過哪裡？」

「啊？」姜洛熙呆了呆，看看手機地圖，只見地圖上那條小徑，實際上蓋起鐵皮頂棚，兩側也是鐵皮倉庫。連忙說：「對不起，我走錯路了。」

他說完，立刻牽車掉頭，但被青襯衫男人拉住腳踏車把手，不讓他離開。

「等等，你地圖上的地址，好像是我們公司耶。」青襯衫男人有雙精銳眼睛，皮笑肉不笑地握住姜洛熙持手機的手腕，細看他手機地圖——姜洛熙手機地圖上的搜尋欄裡的地址，確然就是這間透天厝，阿康給他地址，他就鍵入地圖搜尋欄位，一路找來。

「呃……」姜洛熙緊張得腦袋發麻，但他回答得倒快：「不好意思，請問這裡……就是賭場嗎？」

「哦？」青襯衫男人像是沒料到姜洛熙會這麼問，回頭望了佇在門邊的夥伴一眼，笑著說：「幹嘛？你想進來玩？」

姜洛熙點點頭，說：「我想贏點錢，買新手機。」

「幹！」那青襯衫男人和門口幾個傢伙都被姜洛熙這番話逗笑了，說：「小朋友，你幾歲？未滿十八歲不能進來喔。」另個男人起鬨說：「賭博要本錢耶，你有本錢嗎？

有帶賭本嗎？」

「有。」姜洛熙點點頭，從背包取出一只小袋揭開，取出一塊六、七公分長的小金條，還搖搖小袋，裡頭還有兩條。「應該夠吧。」

「呃！」青襯衫男人和門口幾個傢伙，見姜洛熙那金條雖只六、七公分長，手指粗細，但倘若是純金，一袋可也值幾十萬。「你偷家裡的金條？」

「我家開銀樓的。」姜洛熙這麼說：「我只是借來用一下，晚點就放回去，又沒人知道。」

「……」青襯衫男人聽姜洛熙這麼說，又轉頭和夥伴瞧瞧，冷笑對姜洛熙說：「你覺得自己穩贏？」

「嗯……」姜洛熙這麼說：「網友幫我算星座，說我這週運氣很好，我不想浪費這個機會。」

「哈哈哈……」青襯衫男人大笑兩聲，向幾個夥伴示意放行，拍拍姜洛熙的肩。「小朋友，我帶你上樓換籌碼，看看你那袋金子是不是真的——叔叔先跟你說，叔叔最討厭被人耍，如果你帶假金子來惡作劇，後果會很嚴重喔。」

「是真的。」姜洛熙果斷回答——這些小金條，其實就是他那金磚尪仔標化成的黃金粉筆，這些黃金粉筆除了畫咒施法之外，材質和重量與真金幾乎無異。

青襯衫男人領著姜洛熙走進透天厝。

透天厝一樓是尋常住家，客廳聚著幾個男人在泡茶聊天。

姜洛熙被青襯衫男人帶上二樓一處窗口，將那袋金條交給窗口男人。

「是真的。」窗口男人仔細驗過黃金，瞧了瞧青襯衫男人。「直接用這些金條換籌碼？」

「是啊。」青襯衫男人點點頭。「能換多少？」

窗口男人拿出計算機按了按，向姜洛熙和男人展示答案，說：「三條加起來有十三兩，八十幾萬。」

「換給他。」青襯衫男人這麼說。

「是他要玩？」窗口男人望了姜洛熙一眼。「他幾歲啊？」

「你管他幾歲。」青襯衫男人指了指計算機。「你自己看看計算機，八十幾萬送上門呀。」

「也是。」窗口男人聳聳肩，奉上八十餘萬籌碼。

姜洛熙捧著籌碼，被窗口男人帶上三樓，只見三樓隔成一間間小房，大多無人。

「人好少……」姜洛熙隨口這麼說。

「因為現在是大白天啊。」青襯衫男人笑了笑：「大白天來賭場的高中生，我這輩子從來沒見過。」他領著姜洛熙來到一間房大桌前，說：「你膽子很大，我欣賞你。」

姜洛熙見青襯衫男人來到大桌對面入座，呆了呆。「是你跟我賭？」

「是啊。」青襯衫男人笑著說：「現在沒客人，莊家晚上才上班，我來陪你玩。」青襯衫男人指著身後櫃上麻將、撲克牌、骰盅。「你想玩什麼？」

「好吧。」姜洛熙將籌碼放上桌，想了想，說：「有沒有象棋？」

「有。」青襯衫男人大笑幾聲，從大櫃深處，摸出一盒象棋，還翻出一塊棋盤。「你要玩大盤還小盤？」

「小盤。」姜洛熙這麼說。

他們玩了三盤，一盤十萬，姜洛熙一勝兩敗，籌碼還剩六十餘萬。

此時桌邊已經擠來三、四個看熱鬧的傢伙，這些傢伙到了晚上都是賭場圍事，有個男的舉手自告奮勇。「換我換我！」

青襯衫男人揚手示意那男人別打岔，對姜洛熙說：「這樣太慢了，要不要賭大點，一盤五十萬。」

「好啊。」姜洛熙點點頭，捧著肚子說：「可是……我肚子有點痛，能不能上個廁所。」

廁所。

「好，你慢慢來。」青襯衫男人攤了攤手，點了個年紀最小的傢伙，帶姜洛熙上

姜洛熙走進廁所，立時關門上鎖。

他揭開背包，鳳仔探頭出來，說：「洛熙，你想用象棋幫阿康贏回老爸老媽？」

「噓——」姜洛熙對鳳仔比了個小聲的手勢，從口袋取出通訊符，說：「上次你跟我說過，這種通訊符，就算分隔陰陽兩地也有用。」

「對啊。」鳳仔問：「洛熙要下陰間？」

「嗯。」姜洛熙點點頭，將通訊符捲成紙管，塞進耳朵，低聲說：「阿康說，他被拖進地下室打，他看到地下室其中一間房有供桌，他爸媽的壺應該被藏在地下室。」

「所以你想在廁所開鬼門，從陰間去地下室，再回陽世找阿康爸媽的小壺壺，然後再從陰間回到這裡，繼續下棋？」

「當然不是。」姜洛熙搖搖頭。「找到壺，直接走陰間逃跑，還回來幹嘛。」

「可是，如果地下室有人怎麼辦？」鳳仔說。

「所以才要你幫我。」姜洛熙這麼說，從口袋取出小半截黃金粉筆，點開手機裡的符籙相本，找出鬼門符，照著畫上廁所門——這些符籙自然並非照著畫就會有效果，其效果端看施術者道行高低而有所分別，然而姜洛熙手中這金磚粉筆，本是天賜法寶，

本身即帶有靈氣，方便他隨寫即用。

他寫完鬼門符，收去粉筆，靜待幾秒，緩緩開門。

門外飄起一陣焚風，空氣裡飄著焦灰。

他踏出廁所，只見外頭構造不變，但破舊許多，牆上爬滿霉斑。

他知道自己來到了陰間。

「洛熙這個計畫好像不錯。」鳳仔飛在姜洛熙身後，說：「是剛剛下棋時想到的嗎？」

「對啊。」姜洛熙點點頭。「我一邊下棋，一邊想我到底進來幹嘛，下了三盤才想到可以走陰間，不然的話，我三盤棋都能贏。」

「那洛熙等等找回阿康爸媽小壺壺，可以再回去把阿康的房契跟五百萬都贏回來。」鳳仔這麼說。

「如果我真的贏那麼多。」姜洛熙乾笑兩聲。「他們應該不會讓我離開。」

他領著鳳仔下樓。

然後，他在一樓廁所窗戶畫下鬼門符，讓鳳仔飛回陽世。

再然後，他找著了通往地下室的樓梯，下樓。

地下室隔成六間小房——在這陰間地下室裡，每間房裡除了飄盪在空氣中的奇異焦灰之外，什麼也沒有。

姜洛熙拿出手機低聲問：「鳳仔，聽得見我說話嗎？」

「聽見了洛熙。」

「很好，我已經在地下室了，你在哪？」

「剛剛一樓好多人想抓鳳仔，可能看鳳仔太可愛了，不過他們太笨，被我引去門外，找半天也找不到我，不知道鳳仔已經偷偷飛回房子裡——現在鳳仔已經飛進地下室了。」

「地下室有人嗎？」

「地下室沒有人。」

「太好了。」姜洛熙這麼說，盯著前方廊道左右六間房，說：「鳳仔，地下室是不是有六個房間。」

「是。」鳳仔回答：「一、二、三、四、五、六——是六個房間沒錯。」

「六間房都關著門嗎？」

「有四個房間門開著，兩個房間門關著，都有上鎖，鳳仔打不開。」

「哪兩間關著？」

「這間跟這間……」

「不……」姜洛熙想了想，說：「鳳仔，你聽好，你飛回樓梯的位置，往房間方向看，你說兩間房間關著門，是哪間跟哪間？」

「那間跟那間。」

「……都在左邊嗎？」

「一間在左邊、一間在右邊。」

「好……」姜洛熙強耐著性子，繼續問：「左邊離你最近的門是關著還開著？」

「開著。」

「左邊中間的門呢？」

「開著。」

「所以左邊最後面那間房是關著？」

「對。」

「右邊呢？」

「也是最後面。」

「好。」姜洛熙立刻來到廊道末端，望了望左右兩間房，說：「你去看看門開著的四間房，告訴我裡面長什麼樣子。」他說完，拿出金磚粉筆，準備開鬼門回陽世。

下一刻，他有些傻愣，驚覺左右兩間房都沒有門——那鬼門符該畫在哪兒呢。他咬牙思索半晌，捻出一把香灰，施咒往兩道門欄上一抹。

香灰垂下兩道彷如門簾的薄紗。

「還真的可以！」他有些驚喜，捏著最後一小截金磚粉筆，在香灰門簾上，畫下兩道鬼門符。

他掀開右手邊門簾，返回陽世地下室右側上鎖房間裡。

房中擺著好幾座保險箱和資料櫃，姜洛熙有些驚喜，原來這間房是這賭場金庫。

他一面翻找資料櫃，一面聽著鳳仔回報外面四間房的模樣，有馬桶跟洗手台的房間是廁所、有桌椅跟飲水機的是茶水間，另兩間房藏著一堆球棒和武士刀，卻沒有作法器具，想來是專門用來修理出老千賭客的房間，以及圍事武器庫。

那麼，阿康父母想來是藏在金庫對門房間裡了。

姜洛熙啊呀一聲，從金庫桌上一只透明資料夾裡，認出了阿康的身分證，資料夾裡還有阿康的房契和印章，以及那張五百萬本票。

「太走運了吧。」姜洛熙拿著資料夾來到門前，聽見青襯衫男人的聲音已經來到門外，猜測大夥兒或許已經發現他不在廁所，帶人四處找他，連忙提醒鳳仔。「鳳仔，有人來了，快躲起來。」

「鳳仔已經躲起來了。」鳳仔低聲回答。

由於鬼門符畫在門外的香灰簾子上，從裡面開不了，姜洛熙便故技重施，撿香灰撒下一道簾子，再畫鬼門符，回到陰間地下室。

然後，他在最後一間上鎖房間外撒下香灰簾子、畫鬼門符、穿回陽世。進入最後一間房。

房裡站著一個瘦長男人，男人身形高得不可思議，腦袋幾乎貼著天花板，整條胳臂從肩至手指，超過兩公尺。

顯然不是人。

姜洛熙嚇傻了，轉身要跑，卻被瘦長男人雙手探來掐住頸子。

「嘶——」姜洛熙感到頸子急急束緊，連忙伸手掏出尪仔標，往地下一擲——火紅混天綾唰地自地板炸起，纏上全身。

瘦長男人被混天綾燙著，連忙鬆了手。

姜洛熙開門要逃，正好與門外的青襯衫男人撞成一團，手上資料夾散落一地。

青襯衫男人盯著姜洛熙，瞧瞧腳邊的資料夾，愕然揪著姜洛熙頭髮，將他從地上扯起，喝問：「你怎麼會在這裡？」

「貓哥！」一記喊聲從樓上響起，剛剛窗口男人急急奔下樓，朝著青襯衫男人喊：「剛剛那小子帶來的三支金條，莫名其妙化成灰了！」

「什麼！」這叫做貓哥的青襯衫男人怒喝一聲，瞪著姜洛熙。「你拿假金子騙我？」

「我……」姜洛熙一時無話可說，立時掏出風火輪尪仔標，朝著地板擲出一雙風火輪——但他還沒踩上風火輪，肚子便捱了貓哥一拳，痛得蹲了下來，又立刻被貓哥揪著頭髮站起。

貓哥揪著姜洛熙頭髮，吆喝眾人將他帶上樓。「快打電話告訴黑蛇爺，有個小子來偷昨天那個什麼康的本票跟房契，他們應該是一夥的！」

姜洛熙探長了腳，卻搆不著剛剛擲在地板上的風火輪，揮動混天綾去打貓哥，但混天綾傷不了凡人，還多捱了貓哥兩拳，連連乾嘔。

姜洛熙被拖到一樓，見到前門敞著，便朝著貓哥臉上撒了一把香灰，趁貓哥本能收手護臉之際，猛地掙脫，奮力往大門跑。

離門較近一個小弟一棍揮來，打在姜洛熙小腿上。

姜洛熙疼得往前撲倒在地，狼狽往前爬，卻見門外又來一人，直挺挺擋在門口。

姜洛熙無計可施，剛撐起身子便聽見身後貓哥暴怒大吼，回頭見貓哥氣急敗壞搶過小弟手上棍棒，照著他腦袋揮來。

磅——

棍棒沒有砸下。

而是被門外走來的男人舉手接下。

「你……你誰啊？」貓哥驚愕望著男人。

男人沒答話，一拳打在貓哥臉上——這拳極重，轉眼將貓哥打翻倒地，滾了兩圈。跟著，男人跨過姜洛熙身子，隨手將棍棒甩在剛剛擊打姜洛熙那小弟膝上，小弟登時哀嚎倒地。

男人繼續往前，兩拳摞倒左右圍來的兩名男人，再一腳踢開第三人扔來的板凳，然後上前一記旋身側踹，將擲板凳男人踢出好遠。

貓哥摀著臉，往樓梯方向逃，尖聲高喊：「上面的快下來幫忙，有人來砸場啦——」

姜洛熙撐坐在地，呆然望著眼前這莫名殺出的男人。

只見男人反手從褲口袋裡捻出一枚閃閃發亮的金邊尪仔標。

「洛熙！」鳳仔飛到姜洛熙肩上，興奮叫嚷：「韓杰師兄終於來了。」

「韓杰……師兄？」姜洛熙啊呀一聲，望著眼前男人。「他就是『現役』！」

「叫我韓大哥吧。」韓杰回頭望向姜洛熙，隨手揪著一名圍事朝他揮來的拳頭，啪嚓將那圍事手掌扭脫了臼。韓杰聽這圍事叫得像殺豬似地，本來揚起的拳頭便放下了，只隨手將他甩遠，任他抱著手哭逃離開。

這段時間鳳仔對姜洛熙講了許多符籙畫法、法寶用法，也告訴他一些過往乩身事蹟，但對於眾人身分卻未著墨太多。姜洛熙只知道許兩三、吳國勤，都是退役乩身轉任眼線，平時替太子爺蒐集點陰陽兩界情報，遇到特殊情況，才會動手幫忙。

然而還有一位現役乩身住在北部。

嘩啦轟隆，樓上響起一陣腳步聲，十幾個賭場圍事們持著棍棒刀械一口氣全殺了下來。

韓杰望見樓上殺來大批圍事，隨手將尪仔標往前一拋。

尪仔標旋到那名跑在最前頭的圍事臉前。

下一刻，韓杰的拳頭壓著尪仔標砸扁了圍事鼻子。

火紅混天綾隨著圍事濺出的鼻血四面飛揚。

圍事身子向後翻騰兩百七十度，重重摔在地板上。

後續圍事們舉棍殺來，韓杰在混天綾傍身飛繞下，隻身向前迎敵，磅磅磅磅地轉眼撂倒好幾名圍事——韓杰那混天綾儘管同樣無法對凡人造成傷害，但對於陽世實物有著物理影響效果，裹在胳臂上捱棍子，也有一定防禦作用。

數支棍棒四面八方砸向韓杰，全被混天綾扯住纏死。

韓杰雙手揪著混天綾猛力一甩，一口氣甩倒六個人。

不到一分鐘，十餘名圍事裡，還站著的，只剩兩三人。

這些圍事打手看不見混天綾，見韓杰竟像電影裡的超級高手般揮揮手便搧倒一票人，可嚇呆了。

還站著的三個人中，其中一人扔下手中榔頭，舉起雙手，貼著牆緩緩退遠，另外兩人有樣學樣，也放下武器，一路退到後門，轉身逃了。

「韓……大哥！」姜洛熙一拐一拐地來到韓杰身旁，興奮地說：「你就是住在北部的現役乩身！」

「對啊。」韓杰點點頭，說：「我之前在忙其他案子，加上女兒病了，所以沒趕上你的夏令營，現在我事情忙完了，太子爺派我下來帶你。」

「沒趕上……我的夏令營？」姜洛熙一下子無法理解這話意思。「本來你也要來那次夏令營？」

「晚點慢慢說。」韓杰說：「先把你眼前事情搞定——你現在忙的這支籤，是幫一對老夫婦教訓混蛋兒子對吧？」

「幫老夫婦……教訓混蛋兒子？」姜洛熙傻愣幾秒，跟著取出手機，翻出籤令翻拍照片給韓杰看。「太子爺要我處理作祟老夫婦的亡魂。」

「呃？」韓杰也開啟自己手機裡的翻拍照片，上頭籤令寫著——

第二案，協助姜洛熙安撫老夫婦亡魂，替他們好好管教那不肖子。

「差很多耶……」韓杰將自己手機，擺在姜洛熙手機旁。「我們講的是同一件案子嗎？」

「應該是吧，三件案子，只有這件有老夫婦亡魂……」

「是這樣子的。」鳳仔在一旁插嘴：「太子爺應該想讓洛熙自行判斷每件案件的恩怨糾葛、是非對錯，然後做出抉擇。」

「應該吧。」韓杰點點頭，望著姜洛熙說：「上頭大概想仔細觀察你這個人。」

「仔細觀察我這個人？」

「是啊。」韓杰點點頭，隨手從口袋掏出尪仔標，在姜洛熙面前晃了晃，說：「這些是武器啊，要把這些傢伙交到菜鳥手上，多少有風險，謹慎點也是應該的。」

「哇……」姜洛熙見韓杰的尪仔標比他的稍大些許，鑲著一圈金邊，漂亮許多。

「好了，幹正事吧。」韓杰這麼說：「我剛剛收到眼線回報的消息，是你來替老夫婦兒子偷回賭輸的東西？」

「是……」姜洛熙正要開始講述阿康的事，講沒兩句，卻見韓杰跨過幾個摀著手腳、倒地呻吟的圍事，將那伏地裝死的貓哥拎起，大力搧了他兩巴掌，不由得有些害怕，便停下口。

「沒關係，你繼續說。」韓杰卻說：「我只是示範給你看，對付這種人的辦法——例如找出他們之中帶頭的傢伙，應該就是他吧。」他說到這裡，又搧了貓哥兩巴掌，貓哥只好睜開眼睛嚷嚷求饒。

韓杰揪著貓哥，冷冷說：「你不像最大的，你上面應該還有大哥對吧，他在不在？樓上？」

「你……你是誰啊？」貓哥這麼反問，被韓杰揪著手指扭了扭，痛得哇哇大叫。

「我先問你問題，你要先回答我。」韓杰這麼說，又扭了扭貓哥手指。

「我老大是黑蛇爺……他晚上才來！」貓哥怪叫。

「也是，這麼勤勞一整天顧場子的通常是小弟。」韓杰點點頭，扔下貓哥，對他說：「立刻打電話叫那位黑蛇爺滾來見我，不然我一把火燒了他賭場。」

「唔……」貓哥摀著手指，帶著一群骨折的手下，狼狽奔逃出門。

「繼續說吧。」韓杰望向傻了眼的姜洛熙，一面聽著他講述老夫婦和阿康的事，一面拾回落在地上的房契、本票、身分證和印章。

兩人來到地下室，韓杰見到姜洛熙畫的鬼門符，聽他說起剛剛行動，笑了笑說：

「你這點子不錯，可是要記得兩件事。」

韓杰捻出些許香灰，畫了道咒，抹去姜洛熙畫的鬼門符，說：「第一，鬼門用完要記得回頭擦掉，或是改畫能夠自動銷毀的鬼門符，不然陰間的東西會跑進陽世裡的。」

「是……我會記住。」姜洛熙點點頭。

「第二——」韓杰舉起手，在姜洛熙面前握成拳，說：「把拳頭練硬一點。」

「是……」

「我這麼說，不是教你凡事都用暴力解決問題，但你要記住自己的身分。」韓杰這麼說，一腳踹開剛剛瘦高大鬼那間房門，只見瘦高大鬼咆哮舉手掐來，立時揚手扣住大鬼雙腕——這近三公尺高的大鬼拳頭雖大，但韓杰雙臂上還纏著混天綾，混天綾隨著韓杰抓拿飛快纏住大鬼一雙胳臂、繞上大鬼身子，硬生生將大鬼壓倒跪地。

大鬼被混天綾綁得動彈不得、全身燒出焦煙，大聲哀嚎起來。

隨著大鬼哀嚎，房間裡幾面層架上十來個罈子全都震動起來。

韓杰抖抖雙臂，混天綾分岔竄起，捲上每一個罈子。

罈子們紛紛安靜下來。

「你是天庭戰神中壇元帥的乩身，那些文謅謅的任務，神明會交給其他使者來負責，交到你手上的，十件有八件要動拳頭；就像是特種部隊中的特種部隊，不會被派去指揮交通或是戶口調查，而是去攻堅、對付恐怖份子，知道嗎？」

「知道了……」姜洛熙隱約聽見十餘個罈子裡漸漸傳出哀嚎聲，連忙說：「韓大哥，阿康的父母可能也在這裡。」

「是嗎？」韓杰呆了呆，立時收去混天綾，捻著香灰對著瘦高男人額頭，和十數個古怪罈子上畫下封印符咒，跟著對姜洛熙說：「這裡交給你，找出老夫婦的罈子，然後請陰差上來帶走其他傢伙。」

「是。」姜洛熙一一敲著罈子，和罈裡亡魂對話，卻見韓杰往外走。「韓大哥……你要去哪？」

「你沒聞到？他們老大帶幫手來了，我去處理一下。」韓杰指了指頭頂上方。「記得把鼻子也練靈點。」

「鼻子……」姜洛熙呆然目送韓杰離去，繼續敲罈子問話，還轉頭問鳳仔。「鼻子要怎麼練啊？」

「鼻子啊？」鳳仔思索半晌，搖頭晃腦說：「鳳仔也不知道。」

姜洛熙又花了幾分鐘，終於找著老夫婦亡魂，捧著罈子安撫兩老半晌，將罈子和阿康的房契、本票一齊收進背包，又畫了符令通報陰差，這才急急上樓。

他剛上樓，猛地一驚，只見一樓擠著好多人和好多鬼。

十餘名活人大多伏倒在地，十幾隻鬼則或蹲或站地壓著那些活人。

「唔！」姜洛熙見這麼多鬼壓著活人，本能地摸口袋掏尪仔標，但隨即發現，這些被群鬼按在地上的活人，大都刺龍畫鳳，全是這賭場圍事。

而這些鬼，有老有少，甚至還有孩子。

其中兩個，竟還是之前在夏令營見過的孩子。

韓杰獨自站著，扠手望著跪在面前的老男人，緩緩說：「我剛剛說的話你都記住了？」

「我……記住了。」老男人哆嗦著身子，連連點頭——他就是這賭場的主人，黑蛇爺。

「你重複一次我說的話。」韓杰這麼說。

「我……」黑蛇爺哭喪著臉說：「你說賭場隨便我怎麼開，但是錢莊的債全部作廢，也不可以再找法師養鬼幫忙……」黑蛇爺這麼說時，低頭瞥了一眼躺在他身邊那蓄著八字鬍的中年道士。

中年道士頭臉被畫上一道金符，被灌了滿嘴香灰，雙腕上還有一圈火灼符籙——他那身粗淺道行，已被韓杰施法廢去。

「王小明。」韓杰這麼喊。

「是！」一個矮胖男人舉手應答。

「盯著這傢伙一段時間，他不乖就跟我說。」

「遵命！」王小明高聲應答。

「王……小明？」姜洛熙正覺得這名字聽來耳熟，見王小明朝他擠眉弄眼，立時想起夏令營另個胖嘟嘟的孩子，也叫王小明。

此時的王小明和夏令營裡的王小明相比，體型大了數圈，但眉宇眼神裡那頑皮兼猥瑣的神情，簡直一個模子印出來般。

「原來那場夏令營，不只講師是神明使者，連小朋友也是神明派來的？」姜洛熙驚訝嚷嚷。

拾捌

「你在夏令營裡見到的那些小孩，其實都是鬼。」

「什麼！」

速食店內，姜洛熙瞪大眼睛望著韓杰，不敢置信剛聽見的這番話。

「陰間有一種藥，用針筒注射進魂魄裡，可以讓鬼在一定時間裡假扮成陽世活人，假扮得非常逼真，有血有肉，連我也聞不出鬼味。」韓杰這麼說：「最新型的擬人針，甚至可以讓鬼變回小時候的自己。」

「原來如此！」姜洛熙恍然大悟。「難怪我覺得其中幾個小孩，說話根本不像小孩……」

「他們其實是我的老鄰居。」韓杰苦笑了笑：「以前，有個叫『東風市場』的老樓房被人縱火，三四樓燒死好多住戶，那些住戶死後冤魂不散，在樓房裡作祟嚇人，太子爺叫我搬進東風市場，鎮著他們。」

「然後呢？」姜洛熙好奇追問。

「我一住很多年。」韓杰繼續說：「後來東風市場拆遷改建，老鄰居無家可歸，太子爺在陰間裡幫他們安排了一個部門，收容一些不願輪迴、排隊等輪迴的傢伙們，協助我陽世的工作；當然那個部門也不全是東風市場老鄰居，也有後來加入的朋友，例如你剛剛見到的肥宅王小明，他算是我得力助手，幫我不少忙。」韓杰說到這裡，特別提醒：「不過你在他面前可別叫他肥宅，給他點面子，叫他小明哥好了，他會全力幫你的。」

「是。」姜洛熙點點頭，又問：「我記得還有個小朋友叫張曉武，他也是你的老鄰居？」

「張曉武？那痞子也去了？」韓杰有些驚訝，笑著說：「他不是我的人，他身邊是不是還跟著一個女的，叫顏芯愛？」

「顏芯愛？對！我記得她。」

「他們兩個是城隍府裡的牛頭馬面。」韓杰說：「大概太子爺也向俊毅打了招呼，劉俊毅是城隍爺，你記住，陰間大部分城隍府和陰差，都看我不順眼，但劉俊毅那間城隍府，是少數跟我長期合作的城隍府，以後你跟他們應該會時常往來。」

「好，城隍爺劉俊毅，我記下來。」姜洛熙問：「不過……為什麼城隍跟陰差，會看韓大哥你不順眼。」

「因為我揍過好多陰差。」韓杰解釋說：「現在你可能不明白，但是以後你就會漸漸明白了，陰間很黑暗，黑暗到超乎你的想像，你跟他們接觸久了，也會想打他們的。」

姜洛熙點點，若有所思。

「快吃吧。」韓杰將漢堡塞入口中，催促姜洛熙。「吃完我們來替這案子收尾。」

「收尾？」姜洛熙呆了呆，轉頭看看背包。「不是把房契跟本票還給阿康，然後放了老夫婦就完成了嗎？」

「你那張籤算完成。」韓杰取出手機，點開籤令照片給姜洛熙看。「我這張上面寫要替老夫婦管教不肖子。」

「管教……韓大哥，你要去打阿康？」姜洛熙嚥了口口水，腦海裡回想起剛剛賭場裡那堆東倒西歪、手折骨斷的賭場圍事們。

「沒那麼誇張。」韓杰搖搖頭。「你別把我當暴力份子，我沒那麼愛打人……」他說：「但我有一招管教不肖子的方法，非常有用。」

「什麼方法？」姜洛熙好奇問。

「我會替阿康安排幾個乾媽。」韓杰說：「她們會把阿康教育得很好。」

□

「什麼？替阿康找幾個……乾媽？」

阿康家客廳桌上擺著幾樣小菜、冷飲和一個蛋糕。

阿康乖乖坐著，他父母亡魂則分別坐在他左右兩側。

兩老望望阿康、望望彼此，都不明白韓杰說要替阿康找幾個乾媽是什麼意思。

「是這樣的。」韓杰微笑地揭開汽水，替阿康倒了一杯，說：「你們其實很清楚，不可能一直賴在陽世看著兒子一輩子，你們得下去等輪迴，太子爺怕你們在底下太過擔心，又上來嚇人，這樣可不行，所以託我替你們照顧阿康——剛好我認識幾位和藹可親的老奶奶，讓她們當你們兒子乾媽，照顧阿康日常起居，培養正當興趣跟一技之長，好好做人，這樣你們應該可以放心走了。」

「什麼……」兩老不敢相信太子爺竟替他們安排得如此無微不至，不由得有些受寵若驚。「這樣真是太好了。」

阿康倒是有些猶豫，怯怯地問：「太……太子爺乩身，你說的她們……是人還是鬼啊？」

韓杰苦笑說：「我老實說，她們比你父母還早過世——不過你別怕，她們一點也不嚇人。」他說到這裡，啪嚓兩聲彈了彈指。

四位穿著樸素的老奶奶，穿門走進屋裡。

四位老奶奶臉上都堆著笑，臉上沒有青光也沒有戾氣，看起來就和活人相差無幾，當真如韓杰所說，是非常非常和藹可親的老奶奶。

老奶奶們微笑圍坐桌旁，向老夫婦和阿康打招呼。

其中一位老奶奶，在韓杰身旁坐下，笑著捏了捏韓杰的臉，說：「阿杰真會說話，說我們是和藹可親的老奶奶……」

另個老奶奶也笑著捏了捏韓杰的臉，說：「對啊，嘴巴真甜，我們有那麼老嗎？」

「不老不老，大家都很年輕。」韓杰打著哈哈，對老夫婦說：「這四位老……乾媽，生前讀過不少書，很有學問，他們會好好照顧阿康的。」

「那我們就放心了……」老夫婦感激得紅了眼眶，一一與四位老奶奶握手致意，但看阿康垮著一張臉，便問：「阿康啊，你怎麼不叫人呢？以後還要拜託乾媽照顧你呢。」

阿康仍一張苦瓜臉，嘟嘟囔囔說：「不是人就算了，至少幫我找個年輕漂亮女鬼嘛……」

「啊哈哈哈哈。」老奶奶紛紛笑了，看看彼此，其中一位說：「傻瓜——你是人，怎麼能找女鬼，乾媽們當然要幫你找個漂亮老婆啊。」

「啊！」阿康聽其中一位乾媽這麼說，登時轉憂為喜：「真的嗎？」

兩老更驚喜了，連連說：「唉喲喂呀，我們兒子真能娶老婆？」

「當然可以。」一位乾媽說：「你們放心下去吧，等我們替阿康找到老婆時，會請太子爺乩身帶你們上來，親眼瞧瞧兒媳婦的。」

「那真是……太好了。」兩老一同摟著阿康，喜極而泣。

「太好了，真是太好了。」韓杰附和大夥兒說話，又閒聊半小時，聽阿康長篇大論他心目中的好老婆該是什麼條件、什麼樣子之後，看看時間，對老夫婦說：「時間不早了，陰差差不多要來接人了。」

他剛說完，電鈴響了兩聲，燈光微微閃爍起來。

牛頭和馬面跨門進屋，東張西望：「怎麼那麼多鬼？是哪兩個要走？」

「是我們……」老夫婦連忙起身，唯唯諾諾地上前接受牛頭馬面查驗身分，跟著回到阿康身旁，抱了抱他，和他道別，又向老奶奶們一一告別，這才隨著牛頭馬面安心離去。

一分鐘後，客廳燈光終於不再閃爍。

韓杰對姜洛熙彈了記手指，說：「收工。」

「好。」姜洛熙這才起身，突然感到客廳氣氛有些突兀，四位老奶奶臉色比起剛剛冷淡甚至是嚴厲許多。

一位老奶奶瞪著阿康，說：「時候差不多了，把桌子收一收吧。」

「什麼？」阿康身子縮了一下，像是被乾媽淩厲眼神嚇著，他說：「我……我還沒吃完……」

「你不是想討老婆嗎？」另個乾媽這麼說，第三個乾媽隨即接話：「你照照鏡子，你現在這德行，連在路上撿個紅包，紅包裡的女鬼都不要你啊。」

第四個乾媽飄到嚇傻的阿康身邊，朝他耳朵大吼：「乾媽叫你收桌子，你還坐著不動，給我站起來——」

「啊！」阿康像是觸電般嚇得彈起。

三位乾媽開始在阿康家四處亂巡，指責房間淩亂、廁所骯髒、廚房噁心，指責阿康模樣邋遢、坐沒坐相、吃相難看，第四位乾媽便揪著阿康耳朵，交代他今晚逐項工作。「把廁所刷乾淨、把碗跟衣服洗了，地板上有一根頭髮，你都不准睡覺。」

「太……太子爺乩身！太子爺乩身！」阿康見韓杰和姜洛熙穿上鞋子，準備離去，連忙向他們求救。「怎麼回事？你不是說她們是和藹可親的老奶奶？」

「他胡說八道，你也相信！」四位乾媽群聚在阿康身旁，暴怒大喝：「我們有很老嗎——」

「阿康。」韓杰帶著姜洛熙走出門，對阿康說：「加油，聽乾媽的話。」

「喝！」阿康駭然大驚，還想說什麼，但見韓杰已關上門。

「還愣著做什麼，快給我滾去廁所刷馬桶——」四位乾媽四隻鬼手，揪著阿康兩隻耳朵，將他拖進廁所。

「阿康，你哭什麼？長這麼大沒刷過馬桶嗎？」

「我們答應你爸媽，要把你教好啊。」

「剛剛那太子爺乩身有個鬼小弟，叫王小明，以前也很糟糕，被我們收為乾孫子，教了好幾年，你看他現在多乖啊。」

「阿康，動作快點！明天一早還要早起上公園跑步啊！」

拾玖

韓杰隨姜洛熙返家，隨手將行李放上沙發，說：「我這兩天就睡這吧。」

「你如果睡不慣沙發，可以睡樓上阿公房間。」姜洛熙從冰箱取出冷飲，遞給韓杰，說：「我先上樓啦，明天再看看鳳仔有沒有收到阿南的消息。」

「等等。」韓杰喊住姜洛熙，指著他背包說：「你背包裡那東西要怎麼處理？」

「包包……啊！陌青！」姜洛熙聽韓杰這麼說，這才想起他背包裡還藏著裝有陌青的折疊傘，他連忙返回客廳桌邊蹲下，從背包取出折疊傘，張開，但或許因為過於緊張的緣故，一時竟忘了鳳仔教他的咒語，左顧右盼喊著：「鳳仔，怎麼把傘裡的鬼再招出來？」

鳳仔剛飛來，韓杰已經捻了些香灰，畫了道咒，扔在傘上。

陌青摔落下來，不偏不倚落在廳桌上。

她一身婚禮白紗破破爛爛，奄奄一息地無力動彈。

「韓大哥，你能替她解開這東西嗎？」姜洛熙指著陌青右腳踝上的令牌和鈴鐺。

「我還不清楚這件案子的狀況，你先大概講一遍。」韓杰上前看看令牌，又捏起鈴鐺細看半晌，搖搖頭說：「我沒見過這種東西……這鈴鐺又是什麼玩意兒？」

「陰差說，這令牌是一種特殊的陽世許可證，遊魂身上帶著這令牌，陰差無權拘捕。」姜洛熙將陌青這籤令前因始末，簡單說了一遍。「至於這鈴鐺……我也不太清楚這到底有什麼作用，但這女鬼說那跟蹤狂能夠聽見鈴鐺的聲音，不論她躲到哪裡，跟蹤狂都能找到她，所以她才躲進廟裡。」

「我從來沒見過這種陽世許可證……」韓杰皺眉又瞧了瞧那令牌，隨手捻香灰畫了道咒令。

足足等了二十分鐘，陰差才現身，瞧瞧陌青腳上令牌，也說沒見過這樣的許可證，又花了十來分鐘拍照、連撥數通電話回城隍府，回傳令牌照片，向同事求證，這才說：「這……的確是一種特殊的陽世許可證……佩戴此證者，陰差無權押解下陰間。」

「……」韓杰點點頭，又問：「那如果她自己想回去呢？」

「那請她自行回去。」這陰差這麼說：「何必通報陰差，浪費地府資源呢？」

「她現在被其他惡鬼騷擾，獨自下陰間會有危險。」韓杰表情漸漸顯露不耐。「如果她跟你報案，你也不理？」

「要報案，自己想辦法進城隍府按鈴吶，你燒的是拘魂令。」這陰差哼哼地說：「沒事的話，我先下去了，你們下次燒符之前看仔細點，別燒錯符，浪費大家時間。」

「不好意思，耽誤你時間。」韓杰乾笑兩聲，轉頭對姜洛熙說：「你現在知道為什麼我喜歡打陰差了吧？因為欠打。」

他這麼說時，還伸手拍拍那陰差肩膀。

「你……」那陰差有些惱怒，撥開韓杰的手。「你仗著自己是神明乩身，就公然恐嚇地府陰差了嗎？」

「我哪有恐嚇你。」韓杰捻出香灰，來到姜洛熙家門前畫下一道鬼門符，說：「我帶她下去報案，行不行？」

「隨你便。」陰差這麼說，正轉身想走，突然想到什麼，對韓杰說：「神靈使者要下陰間，除了走各地有登記的『門』之外，自行開鬼門可要另外申請，不能隨心所欲想開就開、想走就走。」

「對，你說的沒錯。」韓杰點點頭，拉開姜洛熙家門，跨出一腳，踩進陰間，對著那陰差，舉起雙手作勢給他上銬。「我違規了，現在自首，你要逮捕我嗎？」

「我……我還有其他事要忙，我回去會舉發你！」陰差哼了哼，不再理會韓杰，轉頭穿牆離去。

「哼。」韓杰低聲暗罵陰差兩聲，對姜洛熙指指伏在桌上的陌青，說：「你扶她過來，我們送她去俊毅城隍府好了，雖然有點遠，不過有俊毅看著，那些惡鬼應該不至於亂來。」

「好……」姜洛熙攙起陌青，扶著她往鬼門走，問：「不過……怎麼不直接請俊毅城隍府裡的陰差來接她呢？」

「轄區不同，俊毅城隍府在北部。雖然我親自打電話，俊毅未必會拒絕，但事後張曉武肯定會幹幹叫個沒完……」韓杰說：「以後你下陰間的次數多了，和底下混得熟了，看能不能在南部也找間長期合作的城隍府，否則辦起事來，處處受到刁難，會很辛苦——除非你不介意像我年輕時一樣，三天兩頭找陰差打架……」

韓杰邊說，邊和姜洛熙一左一右，攙著陌青走出鬼門，正要下樓，突然聽陌青哀嚎幾聲。

兩人回頭，只見陌青身子被攙出鬼門，但右腳還卡在姜洛熙家中。

「怎麼回事？」韓杰呆了呆，仔細一看，卡在鬼門另一側的，是陌青右腳踝上那串繫著鈴鐺的腳鍊。

韓杰撥了撥那鈴鐺，捏著鍊子摸索半晌，竟找不到取下腳鍊的辦法。

兩人又將陌青攙回家中沙發，讓她坐下。

韓杰掏出尪仔標，喚出金磚，伸指抹了些金粉，在陌青額上畫了道能夠讓鬼魂增強體力的符，跟著晃了晃金磚，將金磚化為一支黃金老虎鉗，試著剪鈴鐺腳鍊。

還是剪不開。

「這鍊子……是陽世的東西？」韓杰望著那鈴鐺腳鍊，大感訝異，問姜洛熙家裡有沒有真正的老虎鉗，喃喃自語。「不對啊，就算是陽世實物，也能通過鬼門下陰間呀，這到底什麼東西？」

姜洛熙很快從家中翻出了老虎鉗，交給韓杰。

韓杰再次嘗試剪斷陌青腳鍊。

依舊剪不斷。

他不死心地沾了金磚粉，在陽世老虎鉗上畫了咒，仍然剪不斷腳鍊。

「有這種事？」韓杰感到被這鈴鐺羞辱了，起身吁了口氣、扭扭脖子揮揮手，像是打架前暖身一樣。

跟著，他對陌青右腳裹上一層保護咒，跟著用尪仔標招出火尖槍，倒持著槍柄，用槍尖戳挑腳鍊老半晌，仍無法傷那腳鍊分毫。

姜洛熙又翻出一支尖嘴鉗，和韓杰一左一右，夾著腳鍊兩端硬扯，仍然無法取下腳鍊。

「我操，這到底是什麼東西？」韓杰喘氣思索半晌，靈機一動，用手機拍下幾張照片，傳給董芊芊。對姜洛熙說：「我猜這法術說不定跟男女感情有關，得請月老弟子幫忙。」

五分鐘後，董芊芊打來電話，聽韓杰說明剛剛經過，稱幾張照片看不出什麼頭緒，得親眼看看，和韓杰約了明日碰面詳談。

□

翌日上午，韓杰駕駛飛火宮載姜洛熙北上。

飛火宮是輛進口名車，同時也是太子爺行動宮廟。

韓杰示意讓姜洛熙揭開副駕駛座前的手套箱，裡頭有座木造小廟，小廟周圍有幾枚假石、後方立著山景背板，像是模型布景一般。

韓杰說他正式接手飛火宮之前，這輛車其實是輛四手凶車，前幾位車主不但橫死，且死因都與這輛車有關；然而飛火宮正式成為太子爺行動宮廟之後，不僅受神力加持，且還能開啟作戰模式，車上裝備著兵器法陣和隨行護衛，是韓杰重要武力之一。

除此之外，韓杰還有輛「小風號」，是他在陰間專用的代步工具。

小風號外觀上是重型機車，但實際上在陰間，是一種叫做「冥船」的交通工具，發動之後，能夠飛空航行；小風號除了代步之外，也有專屬的作戰武裝配備，停放在韓杰家陰間庫房裡——韓杰家對映於陰間的透天厝建築，被太子爺徵收作為陰間辦事處，一旁還有韓杰專屬的支援部門，成員就是韓杰昨晚說的「東風市場老鄰居們」，專責支援韓杰行動。

韓杰興沖沖地解說小風號和飛火宮的性能和過往戰績，一面瞥視姜洛熙，見他反應冷淡，不由得有些自討沒趣，乾笑說：「你對車子沒興趣？」

「還好……」姜洛熙想了想，說：「其實我對很多事情，都覺得『還好』……我自己也不知道為什麼。」

姜洛熙說自己從小到大，都不是很理解為什麼有些人沉迷某些食物、某些嗜好、電玩遊戲或是偶像明星，他說他不管看什麼、玩什麼，感覺都差不多。

他其實也能感受到有趣、開心的滋味，也會哀傷、興奮或者難過，但都淡淡的，像是隔了層紗，以致於他年幼剛入學時，一度和同學相處之間大有隔閡。

「不過我很樂意配合大家。」姜洛熙這麼說，對韓杰擠出一個笑臉。「我知道好笑是什麼感覺，但真正讓我覺得好笑的時候，比大家看見我笑的次數少很多，哈哈——就像現在這樣，其實我不覺得好笑，只覺得這時候笑一下比較自然。」

「噗嗤——」女孩笑聲從後座響起。

韓杰和姜洛熙不約而同瞧了瞧後視鏡。

陌青坐在後座，韓杰替她施下避日咒，讓她得以白晝出遊，她瞥見後視鏡裡的姜洛熙正看著她，便說：「你很有趣。」

「會嗎？」姜洛熙呆了呆。「我不懂哪裡有趣。」

「好吧……」陌青說：「可能我比較愛笑，我的笑點很低……」她說到這裡，頓了頓，又說：「只不過這兩年發生在我身上的事，真的很難讓人笑得出來……」

車內安靜半晌，韓杰才對姜洛熙說：「太子爺對我說，你的情況，可能和當年被柳姑附身有關。」

「柳姑？」姜洛熙想了想，喃喃說：「那是山哥……拜的那尊神？」

「柳姑是那派法師家族祖先，生前大概也是個法師。」韓杰說：「長年受後人子弟供奉修煉，道行很厲害，當年她附在你身上，一見我就張口要咬我。」

「啊！」姜洛熙訝異說：「韓大哥，你看過以前的我？」

「是啊。」韓杰說：「那時候我領籤趕來救你，柳姑怕我手上那把火尖槍，沒過幾招，就扔下你飛天逃跑，我一路追她追了兩天兩夜，從南部一直追到北部，還是沒逮著她——本來我不死心，想繼續找她，但當時北部有個很厲害的傢伙，叫做陳七殺，犯下不少大案、跟我是死對頭，那時他又開始作怪，太子爺要我回去對付陳七殺，說會另外安排人接手保護你家。後來我才知道，當時接手在台南盯著你家的人，就是許兩三老哥。」

「原來是這樣……」姜洛熙說：「韓大哥，你剛剛說，我的個性比較冷淡，是因為被柳姑附身過的關係？」

「那不是普通的附身。」韓杰解釋：「她應該是看上你的身體，想要據為己有，所以想洗去你的感情和認知，把你變成一具沒有自我意識的空殼，不過她待在你身體裡的時間不夠長，所以只洗去一部分。」

「嗯。」姜洛熙點點頭。

「噗……」陌青忍不住又笑出聲，見姜洛熙又從後視鏡看她，便說：「不好意思，我只是想到，你這種狀況，其實很好養耶，老婆煮什麼碗糕你都吃。」

「女鬼，妳好像誤會了。」姜洛熙搖搖頭說：「我沒有特別喜歡的事情，跟什麼都吃不太一樣吧，難吃的東西，我吃得出來，而且也不喜歡……」

「好像是耶……」陌青點點頭，說：「不過，我有名字，我叫徐陌青，不叫女鬼。」

「對不起。」姜洛熙也點點頭。「徐陌青。」

「你幹嘛道歉，是我該向你道謝。」陌青說：「你們這麼認真幫我，謝謝。」

「不客氣。」

□

二十分鐘後，飛火宮停入台中公園停車場。

董芊芊家在台北，為了方便韓姜二人往返，所以雙方選擇在台中會合。

陌青隨著韓杰、姜洛熙自地下停車場走上公園時，見艷陽高照，本來有些害怕，但感受到懷念的日曬溫度，低頭見腳下的影子，不禁有些感動，紅了眼眶——

韓杰替她打了支擬人針，方便她在公開場所與眾人互動。

姜洛熙問韓杰怎麼也有擬人針，韓杰說他朋友小歸是陰間大老闆，在底下擁有上百間公司和工廠，生產各種民生用品、交通工具甚至是軍火。這擬人針就是小歸老闆旗下工廠產品之一。

姜洛熙說夏令營裡也有個小歸。

韓杰說就是那個小歸。

五分鐘後，韓杰等人與董芊芊在公園僻靜角落會合。

姜洛熙這才知道，夏令營裡的兩性關係講師，就是眼前這位專門替世人剪除爛桃花的月老弟子。

董芊芊遠遠見到陌青時，驚愕得合不攏嘴。

她在陌青身邊繞了兩圈，仔細打量了陌青全身，神情驚駭無比，像是看見難以置信的景象，最後，她的視線來到陌青右腳踝上的鈴鐺腳鍊。

她認真檢視了那腳鍊，喃喃說自己從來也沒看過這樣的東西——明明是陽世實物，卻又兼備陰間物品特性，彷彿不屬於任何一方。

「所以……」陌青有些失望，問：「連月老徒弟，也沒辦法替我拿下這東西？」

「我拍幾張照片傳給月老，說不定他老人家有辦法處理……」董芊芊拍完照片，伸手捏捏陌青肩頭、胳臂，又在她頭頂上方虛撩了撩。

「她身上有爛桃花？」韓杰問——董芊芊的能力，是能看見一般人身上的爛桃花，並施法將之剪除。

那些爛桃花，往往來自於不正常的畸戀，當事人心裡的桃花腐爛了，心智也會漸漸跟著腐爛，進而影響到身邊的人。

「不……這些不是她的……」董芊芊搖搖頭，說：「韓大哥，你昨晚說她被一名富少苦苦糾纏？」

「對。」陌青說：「何偉志，大混蛋。」

「我看到的東西，應該是那人的桃花……」董芊芊皺眉，伸手在陌青面前撥了撥，苦笑說：「我甚至快看不到她的臉了……」

「看不到她的臉？」「這是什麼意思。」韓杰等都不明白董芊芊這話意思。

董芊芊取出筆記本，裡頭夾著幾張紙，紙上印著類似驗傷報告的人體圖，有正面和背面。

她取出筆，在人體圖右腳踝處畫上鈴鐺腳鍊，跟著，她在人體圖上畫上一條條奇異莖藤。

那些莖藤，生自於陌青腳鍊上兩枚鈴鐺，捲繞著陌青全身，甚至穿進她身體皮肉，死死綁著她血肉骨髓、五臟六腑。

董芊芊捏著筆，將人體圖腦袋塗得亂七八糟，向韓杰等人展示。

「現在我看到的她，就是這個樣子，連臉都看不清楚。」

「妳的意思……是我身上被一條條線纏成這樣，只是我看不見？」陌青害怕地問。

「這應該是那位富少身上爛桃花的莖株……」董芊芊再次檢視了陌青腳上的鈴鐺腳鍊。「從這個鈴鐺長出來……」她這麼說時，翻開筆記本一頁，取出紅墨筆，飛快畫下幾隻蝶，鼓嘴一吹，將紙上幾隻紅蝶吹得飛上了天。

四隻紅蝶其中一隻，體型異常碩大，足足有成人兩隻手掌併在一起那麼大——那其實不是蝶，是皇蛾。

紅色皇蛾與三隻紅蝶，飛到陌青頭頂上方，像是轟炸機般產下大片蟲卵。

大片蟲卵尚未落在陌青頭上，便已長成幼蟲。

上百隻毛毛蟲迅速長大，攀在纏繞陌青全身的腐爛桃花莖株上，啃食起來。

皇蛾幼蟲體型比紅蝶幼蟲大上數倍，彷如混在工蟻中的兵蟻一般巨大。

陌青聽董芊芊敘述她那墨蟲吃食桃花的法術，嚇得起了一身雞皮疙瘩，儘管自己看不見，但仍感到毛骨悚然，她說自己從小到大，最怕的三樣東西，就是蜘蛛、蟑螂、毛毛蟲。

董芊芊皺眉盯著陌青老半晌，連連搖頭。

「怎麼了？」韓杰問：「妳的蟲咬不壞那少爺的桃花？」

「不……」董芊芊說她那批墨蟲們吃得很勤，但這些桃花莖株長得比墨蟲進食速度更快。

又過了五分鐘，上百隻毛蟲大軍，身子都鼓脹脹地再也吃不下了。

陌青身上的爛桃花莖株，不但沒有減少，甚至更茂盛了些。

韓杰聽董芊芊轉述情況，嘆了口氣，冷笑說：「那就只剩下一個辦法了。」

「什麼辦法？」

「解鈴還須繫鈴人。」韓杰盯著陌青腳上的鈴鐺腳鍊，對陌青說：「妳說不管妳躲到哪，那傢伙都能找到妳？」

「對啊！」陌青說：「他說他能聽得見鈴鐺的聲音，就算我完全不動，他也聽得見鈴鐺聲音。」

「韓大哥……」姜洛熙陡然會意，說：「你想直接找那位跟蹤狂？」

「對。」韓杰點點頭，對姜洛熙說：「你那張籤令上雖然只寫徐小姐作祟，但其實你仔細想想，始作俑者是誰？」

「當然是那個死纏爛打的跟蹤狂。」

「對啊。」韓杰說：「所以他才是這件案子的問題根源，先解決他，回頭再來研究怎麼把徐小姐送回陰間。」

「你們……」陌青有些害怕：「想用我引出何偉志？然後……揍他一頓？」

「幹嘛？」韓杰說：「妳不希望我們揍他？」

「當然不是！」陌青搖搖頭：「如果你們可以揍死那混蛋最好，但是……我怕你們打不過他們——他爸爸請法師從陰間買來一整隊鬼當他保鏢，不然我也不怕他，那個混蛋連我都打不過！」

「一整隊鬼保鏢……」韓杰淡淡笑說：「跟第六天魔王比起來，應該不算什麼。」

「第六天魔王……那是什麼？」姜洛熙問。

「那傢伙的故事，三天三夜都講不完，有空再說吧……」

貳拾

傍晚，飛火宮停在小巷口，車門打開，後座下來一個髒兮兮的傢伙——吳立南。

半小時前，在韓杰幫忙圍堵下，姜洛熙在菜市場巷子裡成功逮住吳立南，用驅魔符咒逼出吳立南身中小鬼。

小鬼本想飛天遁逃，卻被韓杰甩混天綾捲回手中，用香灰繩子將小鬼五花大綁起來，並在他額頭貼上張拘魂令，令他乖乖等待陰差上來帶他。

然後開車將吳立南送回家。

吳立南被小鬼控制數天，白天躲在小溝裡，太陽下山才溜出來挖廚餘吃。小鬼每晚對他耳語，把他洗腦得渾渾噩噩，韓杰施法讓他清醒，他知道自己一連吃了好多天廚餘，嚇得魂飛魄散，但即便如此，他其實還是不太願意回家——他擅自拿了媽媽的提款卡買卡牌、又讓小鬼遊說媽媽買機車給他，但現在小鬼沒了，他覺得媽媽可能會狠狠打他一頓，還會把他的新機車跟卡牌全賣了；他在車上聽說數日不見的姜洛熙竟成了太子爺乩身，有了新的師兄，不由得有些吃味，拜託韓杰將他也推薦給太子爺。

韓杰早聽說過吳立南行徑，本想說太子爺不收廢物，但想到自己當年行徑也好不到哪去。便說太子爺會自己挑人，他沒有推薦誰的資格。

「阿南回家了，小鬼被陰差帶走了，這件籤令也算是完成了吧。」姜洛熙望著手機裡三張籤令照片，說：「就剩下最後一件了。」

「對啊。」韓杰點點頭說：「你最好做好心理準備，剛剛抓那小鬼差不多只是熱身而已，陰間黑道有些很兇的……」他說到這裡，問姜洛熙：「你打過架嗎？不是打鬧鬧那種，是有可能斷手斷腳那種。」

姜洛熙搖搖頭，說：「沒有。」

「也是。」韓杰苦笑了笑。「你跟我們都不一樣，難怪太子爺不知道該怎麼帶你。」

「不知道怎麼帶我？什麼意思？」姜洛熙這麼問：「太子爺派了鳳仔教我很多事情。」

「鳳仔？你說你那隻籤鳥？他教你什麼？」

「教我畫符、天庭和地府的規矩、陰間的事情……」

「我說的不是這些東西。」韓杰說：「我說的是……快被打死時該怎麼辦、怎麼被打比較不會痛、被幫派抓到吊起來照三餐拿棍子打時該怎麼逃走之類的事情。」

「什麼……」姜洛熙呆了呆，問：「那……太子爺是怎麼教你的。」

「他過去教我的方式很簡單。」韓杰哈哈一笑。「就是不管我死活。」

「啊？」姜洛熙不解問：「那你是怎麼學會那些東西的。」

「被打久了，就漸漸學會了。」韓杰說：「但因為是我，才可以這樣子教，你不行，我剛剛說了——你跟我們不一樣。」

「到底哪裡不一樣？」陌青坐在後座，忍不住插嘴，她探頭瞧瞧韓杰短袖露出那截刺青，說：「該不會……你以前是在道上混的吧？」

「差不多……」韓杰哈哈大笑，他左胸至上臂刺著半甲，袖口若隱若現一小截刺青，平時他也不會特別掩飾。「我以前沒有正式加入幫派，但那時候玩在一起的人，是有兩、三個混幫派的。」

「為什麼跟混幫派的人玩，就要被那樣對待？」姜洛熙不解問。

「玩？」韓杰笑了笑。「如果是飆車看夜景、抽菸喝酒把妹那種玩，確實不該被那樣修理，不過我玩過頭了，那是我應得的懲罰，我無話可說。」

「你怎樣玩過頭？」陌青好奇問。

「我吸毒，海洛因。」韓杰淡淡說：「我為了弄錢買毒，偷拿家裡宮廟土地的地契去抵押借錢投資，後來一毛錢也沒賺到，我爸氣瘋了，拿菜刀說要跟準備拆廟蓋大樓的建商拚命。後來那些人，找了個遊民，一把火把我家連同廟都給燒了，我爸媽跟我姊姊，都被活活燒死在裡面。」

「唔……」姜洛熙跟陌青，聽韓杰以前的「玩」，竟然玩成這樣，一時也不敢接話。

「那時我覺得自己沒臉活下去了。」韓杰發動引擎，緩緩駛上大街，繼續說：「自殺十幾次，每次都死不了。」

「死不了……為什麼？」陌青問。

「我老闆不准我死。」韓杰笑說：「我害他的廟被燒了，還害死父母跟姊姊，想要一走了之，沒這麼輕鬆。」

「後來呢？」

「後來，我做他乩身還債，還了很多年，才把債還完……」韓杰望了姜洛熙一眼。「太子爺個性像孩子，他大概也不清楚究竟該怎麼教小朋友做事，所以喜歡挑像我這樣的壞孩子，讓我們一邊工作、一邊還債，也不怎麼教，只要保我們不死就行了；所以太子爺這次挑上你，其實有點彆扭，因為你不是罪人，不能用以前對我們的方式對你，給你的尪仔標該怎麼設計、給你的報酬怎樣才算合理，上頭也在傷腦筋，而且最重要的……」他說到這裡，探頭瞧了瞧姜洛熙額頭上那腫包。「你額頭上那個包什麼時候撞的？」

「我也忘了。」姜洛熙摸摸額頭。「前幾天吧。」

「你還沒拿到蓮藕身。」

「還沒有，太子爺說要等其他神明點頭答應。」

「蓮藕身挺重要的。」韓杰說：「血流乾了、內臟被挖空，都死不了，所以太子爺不用特別教我什麼，也不會管我碰上黑道、還是惡鬼，反正我死不了，被揍久了，不會也揍會了。」

「內臟被挖空也不會死……」姜洛熙和陌青對韓杰這番話都感到不可置信。

「說真的，我現在也很頭大……」韓杰苦笑說：「太子爺要我負責帶你，但我不能用我以前的經驗教你，尤其你現在沒有蓮藕身。」

「鳳仔說，如果我之後不想幹了，想要退休，隨時可以……」姜洛熙這麼說。

「是啊。」韓杰說：「因為你不欠誰。」

「但我覺得我應該會一直做下去吧。」

「為什麼？」

「因為我也沒什麼別的事想做。」姜洛熙說：「阿公倒是很贊成我做這份工作，他說有太子爺看著，我應該很安全，也不會變壞。」

「……」韓杰安靜半晌，說：「那很好，不過你記住，不管是你爸爸以前對別人做過的事，還是柳家法師對你做過的事，都跟你本身無關，那些不是你的責任，每個人都要為自己做過的事負責，你只需要為你自己以後的行為負責。」

「我知道了。」

「噗嗤——」陌青笑了出來。

「呃……」韓杰呆了呆。「這算笑話嗎？」

「不算。」陌青搖搖頭，說：「我只是想到，等等何偉志要為他做的事負責，就覺得好笑。」

「他們來了。」韓杰冷笑說：「看來他等不及想負責了。」

「什麼！」姜洛熙和陌青都嚇了一跳，東張西望半晌，什麼也沒見到。

數分鐘後，姜洛熙似乎也感到有股陰森氣息緩慢靠近飛火宮，他一下子回頭，一下子望望後視鏡。

又過了數分鐘，韓杰駛回姜洛熙家外大道停車格裡，帶著姜洛熙下車——陌青在下車前，打了擬人針解藥，回復鬼身，躲回折疊傘裡。

「房東，今天又帶朋友回家啊。」飲料店小妹見姜洛熙回來，笑咪咪地向他打招呼。「大叔也很帥耶。」

「……」姜洛熙沒有理會那飲料店小妹，急急開門上樓——他感到那股陰森氣息飛快追來。

他用最快的速度，打開二樓家門，也沒脫鞋，領著韓杰一路走過三樓，再上樓頂——姜洛熙家樓頂不像兩側鄰居都有加蓋，連鐵皮棚子都沒有，露天擺著十餘盆花草。

然而由於兩側鄰居都加蓋上磚牆，因此姜洛熙家這頂樓空間，儘管沒有加蓋，依然有著「半室內」的氣氛。

「為什麼我們要上頂樓？」陌青從傘裡出來，看看四周，說：「哇！好難得看到沒有蓋起來的頂樓耶，我喜歡這種頂樓，布置成小花園很浪漫，可以看星星……」

「可是會漏水。」姜洛熙聽陌青這麼說，便說：「以前我阿公每年都會帶我上頂樓塗防水漆……」

他還沒說完，一股陰風立刻裹住整片頂樓。

兩側鄰居加蓋鐵皮屋頂以及前後女兒牆沿，都站起黑漆漆的「人」。

何偉志自隔壁屋頂躍下，惡狠狠地瞪著韓杰三人，咬牙切齒地說：「妳這婊子……一天到晚躲著我，還跑去勾搭其他男人，還一次勾搭兩個……」

「我愛勾搭誰到底關你什麼事！」陌青不甘示弱地回罵：「我就是不喜歡你，你這人怎麼這麼不要臉，從我生前糾纏到死後，連我變鬼都不放過我？」

「變鬼……」何偉志面目猙獰地往走向陌青，揚手指著她說：「別說變鬼了，就算下輩子、下下輩子，我都不放過妳，我得不到妳，也不會讓其他人得到妳……」

「你們看、你們看！」陌青對著韓杰和姜洛熙大叫：「我說的沒錯吧，他是不是很垃圾，完完全全就是電影裡變態狂的台詞對不對！」她說完，像是被自己這番話逗笑了般，哈哈笑出聲。「世界上怎麼會有這種王八蛋啦！」

「賤貨——」何偉志伸手就要抓陌青，卻被姜洛熙伸手攔下。

「你這……」何偉志伸手要推姜洛熙，卻見一股紅火自姜洛熙手掌心竄出，一路裹住他整條胳臂，嚇得退開老遠。「這是什麼？你們是什麼人？」

「啊！那是混天綾啊！老闆你小心啊，那是太子爺乩身啊——」保鏢之中有一、兩個見識豐富的，一見姜洛熙胳臂裹上混天綾，立時嚇得後退幾步，攀在鐵皮屋頂上哆嗦。「我就說不該闖廟啊，神明派乩身來修理我們了啦！」

「乩身？什麼乩身，不過就……點火燒自己手而已。」何偉志退到牆邊，朝著四周保鏢們吆喝：「上啊，怎麼還不上？」

「嘿，洛熙。」韓杰笑著拍了拍姜洛熙肩膀，往他胳臂一揪，竟將他整條混天綾揪下，抓在手中揉了揉，揉成灰燼扔了。

「啊！」姜洛熙愕然問：「為什麼？」

「對付這些傢伙，用混天綾太多餘了，我教你一招，你可能覺得有點蠢，但緊急時，能夠保你小命。」韓杰這麼說，雙手搭上姜洛熙後腦。

「什麼招？」姜洛熙正覺得奇怪，突然感到後腦被韓杰一推，腦袋朝韓杰臉上撲去。

磅——

姜洛熙感到額頭劇痛，頭暈腦脹，搖搖晃晃後退兩步，驚駭望向韓杰，卻見韓杰鼻子歪了，鼻血嘩啦啦染紅韓杰整張嘴和下巴。

「喝——」何偉志連同一票鬼保鏢，都讓韓杰這舉動嚇得傻了。

「韓大哥，你……」姜洛熙摀著額頭，喃喃問：「是在教我用火血？」

「對……」韓杰接了一手血，抹上另一手搓揉幾下，將兩隻手染得通紅一片，還向姜洛熙伸出手。「手來。」

「……」姜洛熙搖搖頭，拉開領口掏出掛在頸上的平安符，從符包擠出一截刀片，劃過拇指，對韓杰展示手指刀痕：「許老哥教過我。」

「好吧。」韓杰苦笑著捏著鼻子扭了扭。「我比較蠢……」

「哈哈哈哈。」陌青被兩人行徑跟對話逗得笑彎了腰。「我不知道你們在幹嘛，但覺得很好笑……」

「你們看！他們還在我面前有說有笑——」何偉志指著陌青等人，暴怒跳腳大喝：「快上啊，不然我要向你們老大告狀，說你們拿錢不辦事啦——」

何偉志這麼罵完，保鏢們終於動了。

一個保鏢撲向韓杰，被韓杰一記火血拳頭砸飛數公尺遠，整張臉燃燒起火。

第二個保鏢撲倒了姜洛熙，和姜洛熙在地上扭打成一團，糾纏間被姜洛熙劃破的拇指燙著，痛得怪叫連連，再被姜洛熙拿出金磚粉筆，往臉上畫了道驅魔符，慘叫飛逃上天。

第三個保鏢被韓杰四拳打成一團火球、第四個保鏢，臉上被韓杰抹了一手血，還被韓杰用香灰繩子捲著脖子，甩去撞上第五個保鏢。

第六個保鏢，自後架住姜洛熙，用粗壯胳臂箍著他頸子，對他使出裸絞，即便被姜洛熙用劃破的拇指按上胳臂，將他胳臂燙出陣陣焦煙，也不鬆手。

「喂！你看好——以後要是碰到這種情形，就這樣子。」韓杰見姜洛熙受制粗壯惡鬼，便抓著第七個保鏢，轉身背對保鏢，揪著保鏢胳臂箍上自己頸子，還回頭對保鏢說：「快勒我脖子。」

「哇啊！」那保鏢雙手被韓杰染血雙手燙出焦煙，只好乖乖用胳臂勒住韓杰脖子。

韓杰鼓嘴，從口中擠出一張尪仔標，向姜洛熙展示。

然後咬回。

嚼一嚼。

張口吐出一隻小豹。

小豹在空中翻了個筋斗同時烈吼一聲，喀嚓一口將保鏢腦袋給咬沒了。

「懂了沒？」韓杰揚手接下小豹，正要向姜洛熙說明自己這招奧祕，卻見姜洛熙雖被勒得臉色發青，但嘴巴也嚼動起來，跟著也鼓嘴一吹。

吐出一片金霧。

勒著姜洛熙頸子的保鏢，雙臂燃起金火，哀嚎鬆手。

姜洛熙摀著脖子轉身，揚手在那團金霧裡，畫出一道碩大驅魔咒。

驅魔咒金光閃耀，嚇得周圍幾隻惡鬼全退開老遠。

「原來你也會這招啊！」韓杰見姜洛熙也在嘴裡塞了尪仔標，知道應當是他那籤鳥教的，哈哈一笑。「當年我被一個厲害大鬼追殺了好幾天才想出這招的……」

「啊……」何偉志見陌青帶來這兩個男人可不簡單，儘管氣惱，也莫可奈何，見自己帶來的這批幫派惡鬼轉眼倒了一片，才轉身要逃，便被韓杰扔來的小豹一口咬著屁股，將他叼回韓杰面前，讓他伏在地上。

韓杰在何偉志面前蹲下，拍拍何偉志的臉，指了指陌青腳踝上的鈴鐺腳鍊，說：「那是什麼玩意兒？怎麼拿下來？」

「我……我不知道！」何偉志怪叫。

「你怎麼會不知道！」陌青氣急敗壞來到何偉志身旁，也蹲下，照著何偉志腦門上重重拍了一掌。「你上次自己說這是你家法師帶你去見一位厲害高人，你奉上我的骨灰，要那位高人替我量身打造出來的法鎖，能鎖我永生永世！」

「那位厲害高人在哪？」韓杰也拍了拍何偉志腦門。

何偉志不論生前死後，在此前從未被人按在地上拍打腦袋，氣得脹紅了臉，向遠處的保鏢們暴怒咆哮：「你們還不來救我——」

幾個保鏢本來要上前，但見韓杰揚手拋出一張尪仔標，在空中竄出九條火龍，個個張牙舞爪，口噴烈火，散發熊熊神力，嚇得退到更遠。

韓杰聽見陌青哀嚎坐倒在地，知道同樣是鬼的陌青也被這火龍威力震懾嚇倒，便又將火龍收回尪仔標，收進口袋裡，吹了聲口哨。

小豹鬆口放開何偉志屁股，往前走了兩步，身形倏地碩大，變成一頭成年大豹，一口叼住何偉志腦袋，稍稍施力，幾枚牙嵌入何偉志頭臉之中。

「哇——」何偉志驚痛交加，見韓杰指了指陌青腳上鈴鐺，終於求饒：「我說！我說！不要吃我！」

韓杰向大豹點點頭，大豹鬆口退開，又變回小豹。

韓杰撚香灰揉成繩，捆住何偉志頸子，將他從地上揪起。「那高人叫什麼名字，住哪？」

「我……我只知道他姓倪……住在桃園……」何偉志害怕地說。「你滿意了？可以……放了我嗎？」

「不可以。」韓杰搖搖頭。「你得帶我找到那位高人。」

「什麼！」何偉志驚恐說：「可是……那位倪大師在家的時間不多，他說他遊走陰陽兩界，居無定所，現在過去……不見得找得到他啊！」

「所以你要加油。」韓杰笑著伸指，點著何偉志手指。「你有一小時的時間聯絡他，一小時聯絡不上他，小豹就吃你一根手指，加上腳趾，你有二十個小時，二十小時還找不到，再看小豹想吃哪裡。」

「什麼！」何偉志驚恐大叫，被韓杰用香灰繩子五花大綁，一路扛下樓去，他帶來的那批保鏢沒一個敢來救他。

「韓大哥！」姜洛熙與陌青對望一眼，連忙跟上韓杰，問：「我們才從台中回來，現在又去桃園？」

「對。」韓杰點點頭，又說：「啊，我忘了你沒蓮藕身，你現在很累嗎？」

「是滿累……」姜洛熙想了想：「不過勉強還走得動。」

「這樣好了，我帶你走捷徑。」韓杰這麼說時，先關上樓頂鐵門。揚手捻香灰在鐵門上畫了道鬼門咒。

「捷徑?鬼門？」姜洛熙問：「走陰間會比較快嗎？」

「我請小歸派直升機來接我。」韓杰揭開鬼門，外頭焦風亂捲，他正要踏出，猛然想起什麼，盯著陌青腳踝那鈴鐺鍊子，說：「我忘了徐小妹腳上還鎖著鈴鐺，沒辦法一起進陰間……」他想了想，對姜洛熙說：「這樣好了，你留下來保護她。」

「你自己去桃園？」

「是。」韓杰點點頭，晃了晃提在手上的何偉志。「這傢伙的保鏢很可能去向他們幫派老大告狀，徐小妹一個人留在陽世可能會有危險，我剛剛看你會不少招，應該保護得了她。」

貳拾壹

陰間，直升機停在桃園中壢一處空曠停車場上。

韓杰提著何偉志躍下直升機，隨即乘上路邊一輛小歸安排的黑色轎車。

黑色轎車往前駛上大街，三分鐘後，駛入一條巷弄，在一棟公寓前停下。

韓杰捏出香灰，往鐵門鑰匙孔上一按，香灰化為煙繩，絲絲縷縷流入鑰匙孔，喀啦啦撥轉幾下，開了鎖。

韓杰收去混天綾，捏了些香灰往鐵門畫下鬼門符，然後才推開門，提著何偉志踏過門，來到陽世公寓梯間。

「高人家是幾樓？」韓杰晃了晃手中那被綁得彷如一顆大粽子般的何偉志。

「我也不清楚，前幾次我們都在陰間碰面，我沒來過他陽世的家……」何偉志說：「倪大師說……我們到了就打通電話給他……」

剛剛直升機裡，何偉志在韓杰脅迫下，已用手機聯絡上那位倪大師，說先前向他買的鈴鐺腳鍊出了點問題，想請他檢查，順便介紹一位客人給他——倪大師的手機經過特殊改造，能同時撥打接收陰陽兩界的電話，對於時常往來陰陽兩地的人或鬼而言，十分慣見。韓杰手機也有同樣的功能。

何偉志艱難地在香灰捆縛下舉起手機，撥給倪大師。「倪大師，我帶客人到你家樓下了……」

「請上來吧，我家在頂樓。」倪大師透過對講機按開大門，他的聲音透過手機傳出，聽來十分年輕。

「這位倪大師年紀多大？」韓杰一面問，一面提著何偉志一路走上五樓——嚴格來說，是這四層樓公寓的頂樓加蓋。

「我不清楚……」何偉志說：「他都戴著面具，但聲音聽起來年輕沒錯……」

五樓鐵門半掩，門後站著一個人。

那人穿著短褲和吊嘎，臉上戴著一張面具，一見韓杰竟這麼提著何偉志上樓，連忙磅地關上門，害怕地問：「你……你是誰啊？」

「我是客人。」韓杰舉起何偉志，說：「他介紹的。」

「你……綁著何先生幹嘛？」那人狐疑地問：「你是來找我做生意，還是來砸我場子？」

「你就是倪大師？」韓杰問：「你聲音很年輕啊？今年多大啊？」

「關你屁事。」那人氣呼呼地說：「我警告你，如果你是來找碴的，那你的下場會很慘，是誰派你來的？又是春花幫六哥？來報上次藥的仇？藥的事情我已經跟六哥解釋過八百遍了，不是我的藥不好，是他自己不會用，他……」

「停！」韓杰皺眉打斷那人說話，說：「我不認識春花幫六哥，我是來請倪大師幫我一個忙。你到底是不是倪大師？」

「我就是倪大師。」倪大師反問：「你要我幫你什麼忙？」

「這傢伙之前向你買了個鈴鐺腳鍊。」韓杰說：「他拿去鎖在一個女孩腳上。」

「……」倪大師默然半晌，說：「不是他鎖的，是我鎖的。」

「你鎖的？」韓杰說：「你怎麼鎖的？」

「……」倪大師瞅了瞅被捆成肉粽般的何偉志，遲疑問：「他把女人骨灰帶來給我，我施法把腳鍊融入骨灰，把腳鍊和女人魂魄鎖在一塊兒。」

「好。」韓杰點點頭，說：「我想請你解開那個腳鍊，讓那位徐小妹能下陰間，安靜等待輪迴。」

「她是自殺死的！」何偉志掙扎嚷嚷：「她永遠也等不到輪迴！」

「我操！你真好意思這麼說？她會自殺，不就是你逼的！」韓杰舉拳往何偉志腦袋上敲了兩下。「你變成鬼還不放過她，逼得她躲進廟裡，寧願讓神力燒得頭昏眼花，也不願意出來跟你在一起。」

韓杰說到這裡，冷笑瞅著倪大師說：「你幫這傢伙幹這種骯髒齷齪的事，應該賺了不少吧。」

「我……」倪大師似乎有些動搖，伸手扶了扶面具，說：「何先生說那是她未婚妻，有精神病，會到處亂跑、到處惹事，要我造個東西掛在她身上，讓他能隨時找著她，帶她回家……」

「他騙你的。」韓杰這麼說時，喀啦一聲揭開鐵門，大步走入，一把按上倪大師肩頭，將倪大師按在牆上——韓杰剛剛拉高分貝說話時，順手捏著點香灰按上鑰匙孔開了鎖。

「哇！我剛剛沒鎖門？」倪大師嚇了一跳，試著掙脫韓杰按肩的手，卻覺得韓杰力大無窮，不可能掙脫得開，只好乖乖求饒：「等等、等等，你到底想幹嘛？啊，你要我解開腳鍊是吧？好！我想想看有沒有辦法解下來……」

韓杰這才鬆手，哼哼說：「還要想辦法？你能掛腳鍊，不能取不下來？」

倪大師攤攤手，瞅了何偉志一眼，說：「他說他們倆要一輩子掛著鈴鐺，彼此都能聽見對方的聲音，所以我造腳鍊時，壓根沒想過要拿下來。」

「彼此？」韓杰呆了呆，低頭望著提在手中那何偉志雙腳，伸手拉高他西裝褲管，果然見到何偉志左腳踝上，也繫著條一模一樣的鈴鐺腳鍊。「你腳上也帶著這東西？

那為什麼你能進陰間？」

「因為他簽名蓋印了。」倪大師說：「女孩還沒簽名蓋印。」

「簽名蓋印？」韓杰困惑問：「蓋什麼印？你那腳鍊到底啥玩意搞這麼複雜？」

「……」倪大師攤攤手，指著廊道深處一扇半敞房門，說：「來我房間說吧，到時候吵醒房東就不好了。」

「好。」韓杰跟著倪大師往廊道內走，只見這加蓋住家，隔成好幾間房，房門大多鎖著，像是無人，便隨口問：「你一個人住在這裡？聽你聲音年紀不大，你不跟家裡人住？」

「這裡就是我家。」倪大師回頭看了韓杰一眼。「我沒有家人。」

「抱歉。」韓杰攤攤手，見倪大師來到門前，推門進房，不禁一愣——房間頗大，大得不合邏輯——這公寓整戶約莫三十來坪，頂樓隔成數間房，扣掉廊道和廁所，每間房頂多三、五坪大，但門後倪大師那房間，乍看之下竟有二十來坪大，像是一處大型工作室，甚至裡頭還有門，且不止一扇門。

「混沌……」韓杰喃喃說：「這房間，是你自己造的？」

「是啊。」倪大師點點頭。「大叔，你見識也很多，連混沌都知道，你常跑陰間？你該不會……是哪位神明的乩身？」

「我是乩身沒錯。」韓杰點點頭。「我領了籤令來辦這件案子——一個無辜女孩被跟蹤狂逼到跳海，死後還被綁上邪術腳鍊，逃到哪兒，都擺脫不掉惡鬼騷擾……」他一邊說，暗暗從口袋裡摸出一片尪仔標扣在手中，小心翼翼踏進倪大師房間。

韓杰望著倪大師，說：「你對陰陽兩界、神鬼之事這麼熟，不會不知道，做這種事，死後要下地獄吧。」

「我……」倪大師搖頭解釋。「我剛剛說啦，我根本不知道他是這樣的人，他來找我的時候，明明是一副好青年的樣子，他說他未婚妻下陰間會闖禍，要我想辦法把她綁在陽世，直到答應和他結婚，簽字蓋指印，才能自由出入陰間。」

倪大師領著韓杰來到一座角鋼層架前，角鋼架上有處小祭壇，祭壇上放著何偉志與陌青的骨灰罈，底下還壓著一張結婚證書。

結婚證書上，有何偉志以及雙方父母的簽名和指印。

獨獨缺了陌青的簽名和指印。

「所以……」韓杰說：「你剛剛說，如果女鬼想下陰間，就得在這結婚證書上簽名蓋指印？」

「對。」

「然後呢？」

「然後他們就是正式的冥婚夫妻了，女鬼腳鍊上的結界咒法會解開，可以自由穿梭陰陽兩地。」

「可是……」韓杰抖了抖提在手上的何偉志，說：「他還是可以憑著腳鍊上的鈴鐺找到女鬼。」

「對。」

韓杰吸了口氣，說：「所以我要你想辦法拿下女鬼腳上的腳鍊。」

「我一下子想不到怎麼拿下來啦！腳鍊已經跟骨灰融在一起啦，等於是身體的一部分啦……」倪大師無奈說。

「那有沒有辦法不讓這混蛋找到她？例如讓鈴鐺失效？」韓杰漸漸不耐，語氣開始流露怒意，他大力晃了晃手中的何偉志，說：「如果宰了這傢伙，腳鍊會失效嗎？」

「不、不行！」何偉志尖叫：「那樣陌青也會一起死！」

「什麼？」韓杰呆了呆，望向倪大師。「這傢伙魂飛魄散，女鬼也會一起死？」

「對……」倪大師苦笑點點頭說：「這也是何先生要求的功能，他說他們生要在一起，死也要在一起；我造這對腳鍊，彼此能感應到對方那端動靜，如果其中一個魂飛魄散了，另一方腳鍊感受不到對方腳鍊傳回的氣息，就會爆炸。」

「我操你個鳥蛋！」韓杰揪著何偉志耳朵，惱火說：「你真不是普通纏人，世界上怎麼會有你這種人？」

「我……我到底做錯什麼？」何偉志哭吼說：「我只是愛她，愛一個人有錯嗎？」

「當然錯啦。」倪大師似乎也不同意何偉志這番話，哼哼說：「如果有個老太婆愛上你，騙我說你是她未婚夫，帶來你的骨灰，讓我替你綁條腳鍊，你能接受嗎？」

「……」何偉志被倪大師這反問，問得啞口無言，加上害怕又被韓杰敲頭，一時便不答話，像個任性孩子般怒瞪地板，默默吸鼻子，委屈得哭了。

「所以一點辦法也沒有了？」韓杰嘆氣問。

「如果……」倪大師想了想，說：「那女鬼只想跟何先生劃清界線的話，倒是有一個辦法，但我不曉得她願不願意……」

「什麼辦法？」

「另外找隻鬼。」倪大師揭開抽屜，又取出兩條鈴鐺腳鍊，說：「我也是第一次造這東西，由於這鍊子會爆炸，我擔心要是故障了，修起來也挺危險，一口氣造了四條，當成備用品，壞了直接換新的給他，這四條鍊子一模一樣，新的鍊子啟用之後，舊鍊子就直接失效，所以只要找隻新鬼、甚至活人也行，讓我替他戴上腳鍊，契約會轉移到新腳鍊上，舊腳鍊就作廢了。」

「啥？」韓杰攤攤手，說：「這也要那人願意才行……」

「對啊，所以我才說不曉得她願不願意啊……」倪大師無奈說：「看那女鬼能不能先找個朋友，替她暫時戴著腳鍊，朋友至少不會騷擾她，給我點時間，讓我研究該怎麼安全解下腳鍊。」

「……」韓杰聽倪大師這提議雖然有點難辦，但似乎也是唯一的辦法，便取出手機，說：「我問問她。」

貳拾貳

凌晨時分。

韓杰提著何偉志，帶著倪大師，乘坐小歸指派的直升機抵達台南，一路返回姜洛熙家。

姜洛熙替韓杰開了門，便默默坐回沙發。

陌青坐在另一側，默默望著窩在她手裡撒嬌的鳳仔。

韓杰瞧瞧姜洛熙和陌青，說：「你們都講好了？沒問題吧。」

「我無所謂。」姜洛熙聳聳肩。「你說是暫時的。」

陌青瞪著被韓杰提在手上的何偉志：「只要不是這個人渣，我誰都行。」

不久之前，韓杰打了電話回來，告訴兩人這腳鍊來龍去脈及相關規則，以及倪大師提出的解決辦法。

出乎韓杰意料之外的是，姜洛熙並不介意暫時當這腳鍊主人，他覺得無所謂，陌青也樂得能夠擺脫何偉志糾纏，她說姜洛熙比何偉志好一萬倍。

「賤貨！婊子！我就知道妳這麼下賤……」何偉志見倪大師將一份新的結婚證書

攤放上桌，然後拿出陌青的骨灰罈，氣得破口大罵，不停掙扎。

「我操……」韓杰捻出香灰，抖出一團煙球塞住何偉志嘴巴，然後開門將他綁在門外，在他臉上寫下一道拘鬼令，還重重打他幾拳，這才讓他安靜下來。

韓杰關上門，見姜洛熙和陌青有些尷尬，便說：「我們今晚做的事情，就是解決這件案子，幫這位徐小妹擺脫爛咖糾纏，至於以後怎麼走，你們自己看著辦吧。」

倪大師取出腳鍊，替姜洛熙繫上左腳，跟著取出一支裝著符籙墨水的手工筆和印泥，遞給姜洛熙，說：「沒有問題的話，就簽名蓋指印吧。」

姜洛熙和陌青相望一眼，接過筆，先後在結婚證書上簽下名、蓋上指印。

接下來是韓杰，他在證婚人上頭簽了名，也蓋上指印。

他一連蓋了兩枚指印。

他嚇了一跳。

倪大師也嚇了一跳。

姜洛熙和陌青也嚇了一跳。

第二枚指印，是金色的。

韓杰兩眼金光閃閃，竟是太子爺降駕了。

「太子爺降駕了！」鳳仔興奮大叫。「太子爺來替我家洛熙證婚了，恭喜恭喜！」

「安靜。」太子爺附在韓杰身上，轉頭對鳳仔比了個「閉嘴」的手勢。

「太子……爺？」倪大師望著韓杰，嚇得後退幾步，喃喃說：「你……你是天上那中壇元帥？」

「是啊。」太子爺點點頭。

「啊！所以——」倪大師瞪大眼睛盯著韓杰。「這位大叔，就是太子爺乩身韓杰！」

「是啊。」太子爺又點點頭。

「你怎麼會親自下來……」倪大師問。

「替我新收的乩身證婚啊。」太子爺冷笑說：「好突然啊，連我也嚇了一跳，韓杰當了我好多年乩身才結婚，姜洛熙現在就結婚了。」

「哇！」倪大師又是一驚，望著姜洛熙。「你也是中壇元帥太子爺的乩身？」

「是啊……」姜洛熙也這麼說。

「太子爺……」韓杰忍不住提醒。「他們兩個不是真結婚，結婚證書、簽名、指印、腳鍊什麼的，全是這位倪大師法術裡的必要儀式，他這法術是一整套的，他說只能這麼解，今晚我們只是想幫這徐小妹擺脫外面那個混蛋。」

「我知道，我一路看著呢。」太子爺笑著問：「那現在，儀式完成了嗎？」

「還……還剩最後一道手續。」倪大師顫抖地說：「交杯酒。」

「啊？」姜洛熙和陌青，這才明白韓杰返回途中，打電話提醒他們準備飲料和杯子，原來儀式裡還有這麼一道手續。

兩人倒了兩杯飲料，一齊拿起，勾住對方的手，喝盡杯中飲料。

姜洛熙身子像是觸電般一顫，只覺得腳踝一陣麻癢，低頭摸了摸，感到那腳鍊似乎小了一圈，摘不下來了。

「這樣，算是完成了？」太子爺這麼問。

「對。」倪大師點點頭，又說：「新鍊子裡的爆炸功能，剛剛被我拿掉了，但舊鍊子之前就生效了，如果這位……乩身老兄魂飛魄散，女鬼的鍊子還是會炸，我得花點時間研究怎麼拿下鍊子。」

「你大概要研究多久？」姜洛熙這麼問。

「不曉得。」倪大師聳聳肩。「快的話幾個禮拜，慢的話……我也不知道。」

「沒差。」陌青笑了笑，說：「只要不用再被那個神經病騷擾，我就心滿意足了。」陌青說到這裡，對姜洛熙說：「你別怕，姊姊不會纏著你，你可以去找喜歡的女朋友。」

剛剛韓杰北上桃園時，陌青和姜洛熙聊到彼此年紀，知道姜洛熙比自己小了兩歲，便以「姊姊」自居了。

「那這樣，事情算是結束了吧。」倪大師搓搓手，對韓杰說：「太子爺……這件事，我也是被騙了……」他伸手指指門外：「那傢伙騙我說女方是他未婚妻……」

「我知道，剛剛聽見了。」太子爺打斷倪大師的話。「你想說什麼？」

「所以……」倪大師說：「我的人間紀錄上，不會記上這一筆吧？我沒想過害人呀……」

「你別急，讓韓杰先送你回家，我想再看看你那地方。」太子爺笑著說：「你這些稀奇古怪的法術是誰教你的？無師自通造出混沌，真是稀奇。」

「呃！」姜洛熙呆問：「你們還要再跑一趟桃園？」

「小歸老闆的直升機速度很快的……」韓杰無奈點點頭，突然感到身中太子爺已經退了駕，便向倪大師說：「走吧。」

他倆出門時，見到陰差正替何偉志上銬，準備拘他回陰間。

□

倪大師單名一個飛字，倪飛。

許多年前當倪飛被警察破門而入救出時，擄走他的三名綁架犯，早已氣絕多時。

倪飛的媽媽難產過世，倪飛的爸爸不知道是誰。

倪飛的外公接手照顧倪飛幾年，直到接到綁匪電話，苦苦哀求綁匪放孩子一條生路，拍胸脯自己絕對不會報警，剛掛上電話，急著翻找存摺印章要去提錢，卻心肌梗塞死在家中。

倪飛被送入醫院接受檢查，警察問他，是不是他打電話報的警。

倪飛點頭說是，但是是一位姊姊教他打的電話，還說被綁架的這段時間，那位姊姊總是晚上現身哄他睡覺，要他別怕，說警察很快就會來救他。

那位姊姊甚至在三名綁匪企圖拿刀割他頸子時，氣急敗壞地衝出來與綁匪搏鬥。

綁匪們一見到姊姊，當場嚇得尿褲子，他們雖然害怕，但還是拿刀圍著姊姊亂砍，但不論他們砍了幾刀，姊姊都沒有倒下，甚至搶過他們手上的刀，砍了回去。

姊姊砍贏了，身上的傷口也不見了。

三個綁匪喉嚨都被割斷了。

姊姊的咽喉處，也有一道淡淡的割痕。

姊姊教他拿起電話，抓著他的手按下三個數字，然後要他跟著自己說，她說一句，他就說一句。

「警察叔叔，我被綁架了，我現在在──」

很久很久以後，倪飛才知道，當年那位姊姊，在他之前被三名綁匪綁架，並且撕票。

倪飛被送入育幼院後沒有多久就失蹤了。

他不是故意的，他只是迷路了。

那是一個大雨夜，他半夜起來上廁所，推門開燈，只覺得燈光顏色好奇怪，閃閃爍爍，整間廁所也黑黑臭臭的，有種燒焦的味道。

他很快尿完尿，回頭出來，整間寢室都變得不一樣了，味道和廁所一模一樣，小朋友們都不見了，連床都不見了。

他在髒破老舊的寢室嚎哭大半天，才有位婆婆進來安撫他。

婆婆問他怎麼來到這裡的，他說他外公死掉了，是警察送他來這裡的，婆婆說自己問的不是這個，是問他怎麼來到陰間的。

他反問婆婆，陰間是什麼？

婆婆說，陰間是陽世的反面，是人死之後才能來的地方。

他哭著問自己是不是死了。

婆婆說他沒死，說他只是迷路了，然後送他回到陽世。

三天後，他又來到陰間了。

這次不是迷路，而是被老師關進櫃子裡，他花了好大工夫，終於推開櫃門，才發現自己又來到了陰間；他遍尋不著回去的路，大哭半天，又碰上了婆婆。

婆婆說他怎麼又來了，他說是被老師關起來的。

婆婆嘆了口氣，說那老師曾經也是這裡的孩子，婆婆記得自己當年一直很照顧這孩子，說她以前畏畏縮縮，天一黑就要哭，不知為何數十年後這孩子返回育幼院任職，脾氣卻暴烈得嚇人。

倪飛再次被婆婆送回陽世時，已是中午。

那老師發現他時，氣急敗壞地把他揪進廁所，狠狠暴打一頓，問他躲去哪裡了。

倪飛被打得屎都拉出來了，當然不敢騙人，說自己是去陰間了。

然後他捱了更重一頓打，再次被關進廁所。

再次進了陰間。

婆婆望著倪飛渾身慘烈鞭痕，知道倘若再將人送回陽世，恐怕會害死他，便問他知不知道自己為什麼一直跑進陰間。

他說不知道，他只不過是推開門，就來到這裡了，他也不想來陰間，陰間又黑又臭。

婆婆嘆了口氣，說既然如此，就先在待在陰間，直到他學會控制這種能力再回陽世。

倪飛便這麼藏在陰間育幼院裡，一住就是兩年，婆婆每天會上陽世偷些營養餐點帶回陰間給他；期間陽世育幼院裡的老師也報了警，但害怕被發現虐童，因此謊稱倪飛偷錢逃校。

但育幼院裡的同學們都相信倪飛還在學校，因為他們偶爾會見到倪飛現身，然後消失，但他們不敢跟警察說，因為害怕被老師打。

倪飛六歲時，被婆婆帶離了育幼院，那婆婆也曾經是那家育幼院老師，死後依然惦記著自己工作許多年的育幼院，時常回來探望。

婆婆將倪飛帶去自己陰間居所，那兒還有另外幾位阿姨婆婆，大夥兒知道倪飛情況，都驚訝得合不攏嘴，有人說窩藏活人可是重罪、有人說放他回去，他還是會跑回來，要是碰上陰間惡徒，說不定會被拐去賣給邪術師，全身器官都拆了煉藥。

大家七嘴八舌討論半天，最後推舉出一位阿姨，注射擬人藥，帶著倪飛上陽世租下一間小套房，謊稱單親母子，還在那小套房裡開了一扇直通陰間的鬼門。

婆媽團成員們輪流上陰間公寓照顧倪飛，其中有位阿姨生前是公務員，替倪飛解決各種入學、戶籍、健保、身分證等生活瑣事。

倪飛就這樣在婆媽團照料下，唸完了小學。

倪飛國中時，婆媽團最後一位成員，也就是那位育幼院婆婆，終於領到千思萬盼的輪迴證，流著淚要倪飛好好照顧自己，以後倘若沒重要的事，就把鬼門關了，別有事沒事下陰間鬼混了。

那時倪飛一把鼻涕一把眼淚地答應婆婆，說自己會乖乖讀書，不會來了。

但倪飛很快就食言了。

婆婆登上大輪迴盤的兩週後，倪飛又下陰間溜達了。他覺得陽世生活太無聊了，陽世肉身在陰間猶如銅皮鐵骨，想去哪就去哪，也不怕被鬼欺負，加上過往婆媽團中有位見多識廣的阿姨，教他隱匿陽氣的方法，他無聊時自個兒摸索，久而久之，只要抖抖身子閉閉氣，便能隱匿自己的活人氣息，走在陰間，無拘無束，也不怕被陰差追捕。

少了婆媽團叮嚀約束，倪飛對陰間更感興趣了，他想要在陰間大展身手，他四處結識陰間商人、陰陽兩界的奇人術士，東學幾招、西學幾招，說也奇怪，他在學校成績不好，但玩起奇術把戲，往往一學就會、甚至看了就會。

幾年下來，他本事越來越大，關起門打造各種非法道具、符籙、藥劑，再交給熟識商人幫忙出售，造著造著，竟然連混沌都被他造出來了。

倪飛的夢想，就是靠兜售這些產品在陰間致富，他有管道能將冥幣兌換成陽世貨幣，在陽世也買幾間房子，最好是那種有前庭後院的獨棟別墅，再娶位美嬌娘當老婆。

他覺得這是他唯一能夠從陽世社會底層翻身的辦法。

□

陽世，倪飛家。

太子爺默默聽完倪飛自述人生至今的經過和想法，點點頭，用韓杰的嘴巴對他說：「你的夢想就是在陰間賺大錢，然後變現成陽世貨幣，在陽世買車買房，過好日子？」

「對……」倪飛臉上的面具已經摘下，他年紀和姜洛熙差不多，細長雙眼帶著幾分邪氣，卻也不難看。他聽太子爺這麼問他，便點點頭說：「這樣……應該沒犯法吧，我不做害人的東西喔，之前有個怪胎請我造軍火，被我拒絕了。」

「是嗎？」太子爺冷笑問：「你覺得害人不好？」

「是啊。」倪飛點點頭說：「而且我怕留下紀錄……」

「嗯，人間紀錄，人生在世點點滴滴，都會在死後進地府一筆一筆算。」太子爺這麼說，突然笑著反問：「你本事這麼大，不知道人間紀錄也能改？」

「我知道。」倪飛說：「但我覺得保險一點比較好，至少也得等到我有能力改，或是勢力大到能隻手遮天再說。」

「哈哈……」太子爺乾笑兩聲，對韓杰說：「韓杰，你看人家，青春年少，抱負可大了，現在就開始考慮怎麼在陰間隻手遮天了，這種遠見和抱負，你是不是覺得有點熟悉？」

「……」韓杰被太子爺這麼問，第一個想到的，就是過往對手之一——老師周晨，再來是吳天機和徐聖千。倘若太子爺將眼前的倪飛視為周晨、吳天機之流，那麼倪飛接下來的日子恐怕不好過；但倪飛與周晨、吳天機最大的不同，是還未犯下大錯，韓杰問：「你現在到底幾歲？還沒成年？」

「再三個月滿十七，開學升高二。」倪飛這麼答。

「比姜洛熙小一歲。」韓杰試探地問：「老闆，你剛剛的問題，我還沒完全參透，你覺得他有這抱負，是好還是不好……」

「當然好。」太子爺哈哈笑了幾聲，望著倪飛，說：「小朋友，你在陰間私混這麼多年，應該很清楚，你搞的這些把戲，沒有一樣合規矩的。即使你還沒真正害著人，但一件一件算起來，即便不能判你下十八層地獄，也足夠讓你死後，得花上好一段時間才能領到輪迴證了。」

「如果……」倪飛喃喃說：「我真在陰間發達了，不輪迴也沒有關係……」

「哈哈哈！」太子爺又笑幾聲，說：「若我廢去你一身道行，你還能在陰間致富？」

「什麼！」倪飛聽太子爺說要廢他一身道行，嚇得後退幾步，一個踉蹌坐倒在地，像是嚇壞了，他喃喃問：「為什麼？我又沒有做壞事……為什麼要廢我道行？」

韓杰說：「你說你沒做壞事，但你做的錸子，差點害得一個無辜女孩魂飛魄散；你收壞公子哥兒的錢，替他辦事，就是在做壞事。」

「我……我又不知道他是壞人！」倪飛嚷嚷說：「我……我發誓以後我會好好挑客戶，確定客人是個好人、做的是好事，才接他的案子，可以嗎？」

「真的嗎？」太子爺附著韓杰身子，在倪飛面前單膝蹲下，雙眼金光閃閃地瞪著倪飛。「如果是這樣，那我有個提議。」

「提……議？」倪飛被太子爺一雙金眼震懾得連連發抖。「什麼提議？」

「與其接那些來路不明的案子。」太子爺笑著說：「不如接我的案子。」

「接……你的案子？」倪飛愣了愣。「你有……什麼案子？」

「老闆？」韓杰驚訝說：「你要收他當二號接班人？」

「不是當我的二號接班人。」太子爺糾正韓杰的話。「是你的二號接班人。」

「什麼？你是認真的，還是開玩笑？」韓杰像是一下子還不敢相信，他對倪飛說：「太子爺想收你當乩身。」

「啊？」倪飛怪叫一聲，瞪大眼愣在原地。「收我當乩身？」

「做我的乩身，會很辛苦。」太子爺緩緩說：「但當然也有報酬，除了身體比較健康之外，我會回報天庭，幫助你實現夢想。」

「夢想……」倪飛喃喃說：「在陰間發財，在陽世買房子……的夢想？」

「對。」太子爺點點頭：「你當我乩身，有空還是可以造商品販賣——當然，每樣產品都需要經過審核，審核通過的產品，我會替你找到上架通路，例如陰間商人小歸開的店面……」

「寶來屋！」倪飛驚喜尖叫：「我做的東西能在寶來屋上架賣？」

「對，你很熟嘛。」

「當然，小歸老闆是我的偶像。」

「那真是太好了。」太子爺笑了笑，說：「我給你幾天考慮……」

倪飛蹦跳起身，握著拳頭說：「不用考慮，我已經是你的乩身了！中壇元帥太子爺，一諾千金！一言既出，駟馬難追！」

「……」太子爺也站起身，微笑說：「那真好，我回天上擬份合約，過兩天讓韓杰帶來讓你簽名簽章，不過——」他說到這裡，翻翻韓杰的手，托出兩只小瓷瓶，瓶中各插著一卷金符。

「你拔五根頭髮下來。」太子爺取出其中一張符。「用這張符捲著頭髮，再放進瓶裡。」

「這是……什麼意思？」倪飛儘管困惑，但仍爽快拔下五根頭髮，用金符捲著，插回瓶裡。

「然後含著第二張符，從一數到十，再捲起來，放回瓶裡。」太子爺托起第二只瓷瓶。

倪飛也乖乖照做。

太子爺手一翻，兩只瓷瓶立時消失，他說：「這是在測試你的體質，你應該知道，中壇元帥會賜乩身火血和蓮藕身。」

「我知道！」倪飛連連點頭。「有了中壇元帥的蓮藕身，怎麼都打不死，眼前這位大叔——太子爺現役乩身韓杰，過去大戰陰間諸位魔王的事蹟，每一件我都知道。」

「呵呵。」韓杰乾笑兩聲，說：「不錯啊，很用功，很多事情不用從頭教了。」

「是啊。」太子爺也說：「火血和蓮藕身，需要按照個人體質量身打造，我帶著你的頭髮和口水回天上，找我師父太乙真人，一齊研究你那蓮藕身和火血該怎麼造。」

「哇！太好了！」倪飛聽太子爺這麼說，喜出望外，立時跪下磕頭。「那以後我要叫太子爺師父了，韓杰就是我師兄！對吧！」

「叫我老闆好了，師父聽起來老氣，像個老頭兒，我不喜歡。」

「遵命，老闆！」

貳拾參

陰間，直升機飛天往南。

太子爺令韓杰繼續在台南窩個幾天，稱會再安排幾件南部案子，讓韓杰帶著姜洛熙四處跑跑，學習韓杰行事手法。

「老闆……」韓杰苦笑問：「倪飛的事，你是認真的？」

「嗯……」太子爺思索半晌，說：「我一時想不出更好的辦法，我得回去和老傢伙們開會。」

「啊？」韓杰倒是沒料到太子爺用這種遲疑語氣回答這個問題，他說：「我是說……讓乩身在陰間賺錢、買陽世房子這種條件，好像不太符合老闆你的風格……」

「怎麼，你也想在陰間賺錢？」

「當然不是，我只是覺得好奇你為什麼會開這種條件。」

「……」太子爺沉默半晌，說：「一、倪飛確實尚未幹出什麼壞事，總不能逼人當我乩身；二、他造出來的東西倘若能經過審核，是好東西，那也是他憑本事賺錢，賺得的錢也不算髒錢；三、也是最重要的一點，我怕我若不開這條件給他，那或許不能讓他點頭，到時候，我恐怕真得廢他道行了……」

「嗯……」韓杰點點頭，說：「你怕他變成下一個陳七殺、老師周晨？」

「陳七殺、周晨？」太子爺冷笑兩聲。「這等貨色，讓你怕就夠了。」他說完，舉起韓杰的手一翻，翻出剛剛那只瓷瓶，從中捏出被倪飛含著半截的金符。

此時沾著倪飛口水的那張金符，大半截都呈墨黑色。

「嘖嘖……」太子爺搖搖頭，將符插回瓶中，翻手收去。

「金符變黑……是什麼意思？」韓杰問。

「這倪飛，是千年難遇的極陰之身。」太子爺緩緩說：「倘若走上邪道，即便成不了摩羅，也會是喜樂、啖罪之流。」

「他有成為魔王的資質……」韓杰吸了口氣，說：「那老闆你沒直接廢他道行，是想給他機會？」

「他那隨意穿梭陰陽兩界的資質，源於他極陰肉身，真要廢他道行，恐怕得毀去他肉身。」太子爺哼哼說：「但我能指著一個還沒作惡的孩子，說他將來一旦作惡，就會天下浩劫，所以在他作惡之前，提前殺他？這說得過去？你辦得到？」

「我懂了。」韓杰說：「所以不如開個他會喜歡的條件，在他走歪之前，把他拉到我們這邊。」

「對……」太子爺說：「上頭還不知道答不答應呢，我也不知道自己以後會不會後悔……總之，以後得多勞你費心了。」

「我會替你好好盯著他們。」韓杰這麼說。

「不止是盯，還要做好心理準備。」太子爺緩緩說：「一個是千年難遇的修道仙身，但摸不清他心裡究竟都想些什麼；一個是千年難遇的極陰之身，稍走岔路，就成魔王；這兩個小子，如果都走歪了，就是下一對摩羅與喜樂。將來若真有個意外，你得拿出誅殺魔王的氣魄對付他們，你辦得到嗎？」

「如果真有那麼一天。」韓杰說：「我也只能那樣做了。」

太子爺還想說些什麼，韓杰電話突然響起，是倪飛打來的。

「韓大哥，我剛剛接到電話，是我合作夥伴打來的——」倪飛在電話那頭，語氣聽來有些心虛。「他說有批人，買下我寄賣的東西，我想了一下，總覺得應該向你報告一下……」

「啊？」韓杰呆了呆，問：「買了你什麼東西？」

「是大枷鎖……」倪飛怯怯地說。

「啊！你連大枷鎖都會做？」韓杰愕然：「剛剛你不是說你不做武器？」

「我……我覺得那不是武器啊！」倪飛心虛地說：「只是防身用品……」

「買家是誰？他們買大枷鎖幹嘛？」

「買家是春花幫米爺的人，他們就是幫何先生出頭的陰間幫派。」倪飛說：「我覺得他們買大枷鎖，大概是想去找姜同學麻煩，他現在也算是我師兄了對吧……」

「嘖！」韓杰連忙抬頭，催促直升機駕駛加速向南疾飛。

□

凌晨時分，陌青坐在樓頂水塔上，抱腿看著鄰近樓宇一扇扇窗，不時低頭撥弄右腳踝上的鈴鐺。

三樓，姜洛熙彷彿聽見了鈴鐺聲，半夢半醒睜開眼睛，矇矓看看四周，又緩緩閉眼繼續入睡。

二樓，鳳仔在客廳繞圈圈，焦急嘰嘰叫著：「不對勁、鳳仔覺得不對勁……」他邊叫，邊飛上三樓，一雙小爪子抓著姜洛熙房門喇叭鎖卻轉不開——姜洛熙不喜歡鳳仔老是突然開門衝進房鬼叫，所以這幾天開始鎖著門睡覺。

鳳仔抓著門把，像是啄木鳥般用嘴巴敲門。「開門、開門，不對勁！」

鳳仔敲了半天，姜洛熙這才臭著臉開了門，說：「你幹嘛……」

「鳳仔覺得不對勁。」

「哪裡不對勁？」

「味道不對勁。」

「味道，什麼味道？」姜洛熙揉揉眼睛，昂頭四處嗅了嗅，什麼都沒嗅著。

但下一刻，陌青身子飛快落入三樓，急急叫：「姜洛熙，不對勁！」

「怎麼回事？妳……」姜洛熙正驚訝怎麼陌青也這樣時，終於嗅得一絲怪味，有點熟悉的氣味，是陰間的氣味。

「何偉志的人好像又來了。」陌青急急說：「他們站在附近樓頂。」

「什麼……」姜洛熙連忙回房，拉起枕頭，摸出兩枚尪仔標，是金磚粉筆和風火輪。

磅的一聲，樓下發出巨響，像是門被踢開的聲音。

「把他們揪出來！」一陣吆喝聲自樓下響起，十餘名黑衣男人，從廚房奔入客廳，四處東翻西找，一部分人奔上三樓。

姜洛熙單膝蹲著，在地板上畫下一道巨幅驅魔符籙，一見黑衣人奔來，立時放咒。

三樓廊道剎時金光四射。

但黑衣人絲毫不受金光影響，上前一腳將姜洛熙踢得人仰馬翻。

因為這批黑衣人不是鬼，是陽世活人。

「你們做什麼！」陌青攔在姜洛熙身前，露出怒容，想將這批人嚇退，但黑衣人額頭上寫著小小的符印，胸前都戴著平安符，像是根本瞧不見陌青，上前揪起姜洛熙就是一陣暴打。

「別動，警察——」

突如其來的喝聲，嚇得幾個黑衣人停手張望，然後紛紛盯著鳳仔。

「偶依偶依偶依偶依——」鳳仔驚慌模仿起警笛聲，學得維妙維肖。「別動！警察，你們已經被包圍了！偶依偶依——」

「偶你媽！」一名黑衣人掄棒將鳳仔打飛落地，跟著吆喝夥伴架起姜洛熙。

另一名黑衣人將姜洛熙房門關上，貼上一張符，然後開門。

姜洛熙被一陣陰間焦風撲面吹過，總算明白這些陽世黑衣人原來是開鬼門進他家。幾個黑衣人七手八腳將姜洛熙架進陰間，陌青驚慌之間，也被穿牆進來的惡鬼逮著，隨著姜洛熙一同押進陰間。

二樓還有七、八個黑衣人四處搜索，嚷嚷叫著：「不是說有兩個男的？」「另一個呢？」

鳳仔飛到神龕前，拉開抽屜，見到全張尪仔標上，幾枚尪仔標閃閃發亮，本來尚未開放權限的火尖槍、乾坤圈、九龍神火罩等，外框正緩緩燃出了拆痕。

鳳仔叼起全張尪仔標往樓上飛，剛上樓，便見到姜洛熙房門關上。

同時，貼在門上的符籙燃燒起火，瞬間燒成灰燼。

鳳仔飛到門前，一雙小爪子抓著門把旋開門，卻見房中空空如也，這才知道黑衣人與惡鬼已將姜洛熙和陌青押進了陰間。

鳳仔飛上姜洛熙書桌，翻出姜洛熙平時練習畫符的黃紙和筆墨，用小爪子抓著毛筆，沾著摻入香灰和金磚粉的墨汁，畫了張鬼門符，貼上玻璃窗，然後使出吃奶的力氣推開窗，叼起全張尪仔標飛入陰間，只見樓下姜洛熙和陌青被黑衣人和惡鬼分別押入兩輛廂型車。

「噫！」鳳仔見廂型車發動駛遠，也緊追在後。

□

二十分鐘後，廂型車停進海岸工業區一處工廠地下停車場。

姜洛熙從頭到腳，被黑布裹得像是木乃伊，由幾個黑衣人扛下車，與陌青一同被帶上工廠二樓。

何偉志揹著一只木製背包，身旁站著一個中年矮鬼和一票嘍囉。

中年矮鬼是陰間黑幫春花幫一位堂主，米爺。

米爺這兩年與一支陽世幫派合作，生意越做越大。那陽世幫派與何偉志家族幫派關係頗為密切，米爺也順理成章地替何偉志出頭，只盼往後將生意版圖拓展進陽世時，能獲得何偉志家族支持。

不久前米爺得知何偉志被神明乩身招來陰差拘進了城隍府，立時花了點錢打點該府城隍，將何偉志又買了回來，何偉志從小到大沒受過這番屈辱，嚷嚷要米爺替他報仇，說多少錢都願意花。

米爺稱自己知道生意越做越大，遲早得與神明乩身衝突，因此早有準備，他聯繫了合作的陽世幫派，還差手下替何偉志買了套大枷鎖，說這東西是陽世一個橫空出世的天才術士造出來的好東西，已經銷出好幾套，穿戴上身，弱雞都能變成頂尖高手。

幾個黑衣人拿刀割開姜洛熙身上黑布——這些黑布施有遮天術，用以防止神靈降駕；整間工廠的地板也塗著厚厚的遮天泥，天庭神明看不見也下不來。

姜洛熙喘著氣，撐身站起，看看四周，有十來名陽世打手，和三十幾個陰間惡鬼。他那金磚粉筆和藏有刀片的平安符包，在車上就被黑衣人搜出。

「臭小子……」何偉志恨恨笑著，走向姜洛熙，卻被米爺喊住，提醒他還沒開啟大枷鎖。

何偉志哦了一聲，雙手拉著兩條背包肩帶，同時按下左右肩帶上的按鈕。整個木背包異光閃爍，竄出一片片符籙木片，喀啦啦地裹住何偉志兩條胳臂，像是動畫裡的神奇盔甲般自動穿戴上身。

同時，背包四角，還伸出四條木胳臂，加上何偉志本來的雙手，便有六手。

「哈哈，好玩！」何偉志剛剛即已試用過這大枷鎖，此時再玩，依舊有趣——那多出的木造四手，能隨心控制，彷彿真生著六臂一般。

「米爺。」何偉志回頭問。「你剛剛說，這大枷鎖叫什麼？」

「木孩兒測試七號。」米爺說：「據說還不是正式版，正式版的木孩兒，價錢應該百倍起跳。」

「能不能先替我訂一套正式版的。」何偉志這麼問。

「這就沒辦法啦老弟，『孩兒級』大枷鎖，在陰間有錢也難買到。」米爺苦笑說：「我們幫裡已經有大老預定啦。」

「好吧，測試版也夠用了。」何偉志快步上前，像是老鷹抓小雞般對著姜洛熙張開六臂，左右搖晃幾步，突然向前撲出，兩隻木臂抓住姜洛熙雙手，卻感到姜洛熙力氣變得奇大無比，一時竟無法完全壓制他。

「小心！」米爺在後頭提醒。「陽世肉身在陰間很厲害的！」

「再怎麼厲害，兩隻手怎麼打得過六隻手，哈哈哈！」何偉志抓著姜洛熙雙手，用騰出的手一拳拳照著姜洛熙臉打，卻感到指節發疼——他道行低微、魂體孱弱，身處陰間，打姜洛熙肉身，痛的可是自己。

但他此時有六隻手，他舉高脅下兩隻木臂，揮拳打姜洛熙幾記木拳，將姜洛熙打得鼻血狂流。

但下一刻，何偉志感到有些不對勁，他兩隻木臂，竟開始燃燒起火——因為沾著了姜洛熙鼻子流出的火血。「怎麼回事？為什麼會起火？好熱啊！」

姜洛熙深深吸了口氣，朝著何偉志臉上吐出一片血霧——鳳仔說歷任太子爺乩身，倘若身上剛好沒符沒金磚也沒香灰時，便會咬指畫符，甚至是咬舌取血。

他練習過數次，總覺得用牙咬破皮膚實在也太折磨人，然而剛剛情況緊急，他索性咬著下唇捱拳，藉何偉志那木孩兒威力，一舉咬破嘴唇，此時他口內下唇，有一處大破口，鮮血沒幾秒便蓄了滿嘴，逮著機會一口吐出，將何偉志整顆腦袋燒成火球。

「哇——」何偉志鬆開手後退，撲在地上胡亂打滾，雙手加上四條木臂劈里啪啦地往臉上拍。

「快滅火！」米爺也趕忙喊著嘍囉，想盡辦法撲滅何偉志身上的火。

姜洛熙見幾個黑衣人朝他奔來，陡然跺了跺腳，地板耀起金光，浮現一雙風火輪——原來他在被搜身前，將身上僅存的風火輪尪仔標塞進鞋裡，他在車上被黑布裹著，找不到機會發動風火輪，被帶上二樓時，一路猶豫掙扎，究竟什麼時候使用這風火輪，一直忍到剛剛，總算替自己造出了絕妙時機。

他轉身奔向陌青，伸手抹了抹臉上的血，作勢嚇退陌青身旁兩隻鬼，正要伸手去抓陌青，見陌青也嚇得後退，這才想起陌青同樣也怕火血——鳳仔說有種避火咒，對鬼施下，能讓鬼不怕火血，但他還沒學呢。

「你別碰我，我自己飛！」陌青高高躍上半空。「你跑吧，我會緊跟著你。」

姜洛熙回頭，見惡鬼和黑衣人紛紛追來，立時催動風火輪逃跑。

他領著陌青奔入一間辦公室，立時關門上鎖，朝著門上吐了口染血唾液，伸指畫下鬼門符，開門逃入陽世。

這陽世工廠裡還沒收工，加班員工見到滿臉是血的姜洛熙突然現身，可嚇傻了。

姜洛熙不理員工，自顧自地尋找出路，才剛沒跑多遠，立時聽見身後又響起一陣騷動——那些黑衣人，也動用鬼門符追入陽世工廠。

姜洛熙喊著陌青，兩人再次躲入一間辦公室，關門，畫咒，遁逃回陰間。

黑衣人也再次追回陰間。

便這樣，姜洛熙不停畫鬼門符穿梭陰陽兩地。

不一會兒，黑衣人們身上的鬼門符用完了，其中一部分黑衣人逗留在陽世工廠裡，無法回陰間，被趕來的員工團團圍住，喝問他們到底是誰。

剩下幾個黑衣人，繼續在陰間追趕姜洛熙，又被一陣警笛聲嚇得停下腳步。

「偶依偶依偶依──」鳳仔飛在空中，用爪子抓著全張尪仔標，模仿警車聲音。「警察！不許動！你們已經被包圍了！」

「又是那隻鸚鵡？」「他怎麼來的？」黑衣人見到鳳仔飛來搗亂，隨手撿東西朝鳳仔扔。

「是鳳仔！」姜洛熙回頭，見到鳳仔，可喜出望外，嚷嚷大叫：「你爪子上抓的那是尪仔標嗎？」

「是！」鳳仔尖聲應答，見到幾隻惡鬼飛天追來，立時轉向俯衝，倏地飛過幾名黑衣人身邊，竄到姜洛熙肩上，叼著全張尪仔標，用爪子啪啦啦地將一枚枚尪仔標踹下。

幾張尪仔標落在地上，閃閃發亮。

姜洛熙見惡鬼們追得又急又快，也來不及細看哪張是哪張，抬腳朝著一張尪仔標重重踩下。

他腳下金光閃耀，九條火龍自姜洛熙周身竄起，幾個衝得快的惡鬼煞車不及，全被火龍叼著吐火。

「是九龍神火罩！」姜洛熙見到火龍，驚喜大叫：「我能用這張了？」

「情況緊急啊。」鳳仔說：「太子爺不會讓洛熙白白送死的。」

姜洛熙蹲下撿拾剩餘的尪仔標，見幾個黑衣人追到面前，正轉身要跑，卻見韓杰就在他身後。

韓杰雙臂纏著混天綾，左手提著米爺，右手提著何偉志——何偉志頭臉上的火已被撲滅，四條木臂被混天綾牢牢綁著。

韓杰扔下米爺和何偉志交給身邊大豹看管，獨自走向殺來的幾個黑衣人。

一分鐘不到，幾個黑衣人全摀著鼻子或是骨折手腳躺地哀嚎，剩餘的惡鬼全讓火龍趕跑或是咬死。

韓杰取出衛生紙，讓姜洛熙擦血，見何偉志仍一臉憤恨，冷笑兩聲，說：「我知道你不服氣，這樣好了，你們單挑，你如果贏了，我放你走，你可以再找其他幫手。」

「你要我……跟這小鬼單挑？」何偉志瞪著姜洛熙，一時拿不定主意，像是忌憚他那些火龍。

「你別怕，他不用火龍。」韓杰轉身示意姜洛熙收回火龍。

姜洛熙點點頭，又問：「其他尪仔標呢？」

「全拿出來，我暫時替你保管。」韓杰對姜洛熙伸出手。

姜洛熙從口袋掏出尪仔標，卻見到尪仔標中的火尖槍、乾坤圈和九龍神火罩化為潺潺流光，聚集到鳳仔叼著的全張尪仔標上，轉眼恢復原狀，邊緣拆痕也消失無蹤。緊急開放的權限已被收回。

韓杰取走姜洛熙剩餘尪仔標，卻將另一枚黃金尪仔標，放在姜洛熙手上，對他說：「用這個跟他打。」

「這是……」姜洛熙望著手中黃金尪仔標，只見尪仔標牌面圖案，是個年幼孩童。

「這也是大枷鎖。」韓杰揚手扯動混天綾，將何偉志拖來身旁，令混天綾鬆開何偉志，拍拍他的肩。「你們兩個都用大枷鎖，很公平吧。」

「大枷鎖……要怎麼用？」姜洛熙望著手上的黃金尪仔標，正想追問用法，尪仔標已經耀起了金光。

一個五、六歲大的孩童，像是騎馬打仗般，坐上姜洛熙雙肩。孩童也有六隻手，笑咪咪地盯著何偉志，六手緩緩托起六團火球，唰地握緊，六團火球化為六柄赤火短槍。

「他叫紅孩兒。」韓杰對姜洛熙說：「以後你們應該會經常並肩作戰，現在剛好認識一下彼此。」

「紅孩兒？孩兒級大枷鎖！等……等等！」何偉志儘管道行低微，但也明顯感受到眼前紅孩兒氣勢不凡，嚇得連連後退，但隨即被韓杰一把揪回，急忙嚷嚷：「不公平！我的大枷鎖是測試版！而且他還有凡人肉身，這樣單挑不公平——」

「公平？」韓杰伸手拍拍何偉志燒焦的臉，冷笑說：「你帶一群陰間黑道惡鬼欺負一個小女生時，想過公平嗎？你動用陰陽兩界人馬追殺一個高中生時，想過公平嗎？」

何偉志還想講些什麼，韓杰已經退開一大步，揚手大力一揮。「開始！」

「嘿——」紅孩兒剽悍尖叫，擲出一支赤火短槍，正中何偉志左肩。

妖火迅速燒上何偉志身子。

「哇！」何偉志驚恐轉身要逃，但姜洛熙腳上還附著風火輪，轉眼就追到他身後。然而姜洛熙才伸手去抓何偉志木孩兒背包，卻見幾支赤火短槍，同時射穿了何偉志背包。

槍尖自前胸貫出。

下一刻，何偉志被妖火吞沒，癱坐倒地，再也無力起身。

木孩兒測試七號在妖火中，也啪啦啦地崩裂碎散。

陌青飛在天上，見何偉志被妖火燒得魂飛魄散，本來擔心腳鍊爆炸，但見沒事發生，終於放下心中大石，知道那身不由己的古怪婚約，確實轉移到姜洛熙身上了。

貳拾肆

開學一週後的假日午後，韓杰帶著姜洛熙來到桃園三順路一處公寓民宅前，準備讓他和劉媽打個招呼。

韓杰說劉媽家是天上神明泡茶閒聊的地方，三不五時會有神明附著乩身上劉媽家喝茶說長官壞話。

韓杰還說自己剛當乩身時的第一支籤令，就是來劉媽家的地下室，待了整整一個月——戒毒。

兩人踏進劉媽家，見到前陽台伏著一隻體型碩大的橘貓。

姜洛熙覺得那橘貓眼熟，說自己當時在家中與壺靈糾纏時，也見過一隻大橘貓，模樣和眼前這隻橘貓差不多。

「那時你看見的橘貓就是他。」劉媽拉開紗門，笑呵呵地說：「他和他身子裡的虎爺共用同一個名字——將軍。」

「將軍……」姜洛熙嘖嘖稱奇，這才知道原來這大橘貓是虎爺乩身，先前一整個月，都在他家附近溜達，暗中保護他。

劉媽招待兩人進屋喝茶，閒聊瑣事，姜洛熙想起先前他家附近的店員、鄰居們，都會不約而同地變臉，他說自己本來以為是壼靈為了與他溝通，所以附身鄰人，後來發現並非壼靈，應當是天上神明暗中關注他，但鄰人們變臉之後的「那位」，說話神態卻又不像太子爺，那麼究竟是誰呢？

韓杰說那是苗姑。

苗姑是陳亞衣的外婆，也是媽祖婆分靈。

大夥兒暗中觀察、保護姜洛熙早有一段時間，中藥舖老闆給的那些梅餅，都摻著天庭醫官特製的護身靈藥，否則姜洛熙長期喝山博旭那些藥方，早喝出毛病了。

十分鐘後，倪飛也來了，一進門就向韓杰埋怨太子爺給他那鐵鳥平時不開口，一開口十句話有八句都在罵人。

倪飛那鐵鳥是和尚鸚鵡，模樣倒長得可愛。

韓杰說兩人鐵鳥會說話，已經很好了，他那鐵鳥小文不會說話，脾氣上來不是咬人就是拉屎。

「其實這一次召集你們過來，除了跟劉媽打招呼外，還要給你們兩個一件任務。」

韓杰說：「你們一人找一隻貓乩。」

「貓乩？」「什麼！要我養貓？」姜洛熙和倪飛相望一眼，覺得奇怪。「為什麼？」

「因為……」韓杰說：「上頭不少長官覺得不該這麼輕易給你們蓮藕身，他們想繼續觀察你們一段時間，所以讓你們養貓乩，緊急時可以派虎爺下來幫忙。」

「養貓很花錢耶……」倪飛攤攤手，瞅著韓杰說：「這幾天我寄賣的東西都下架了，平常吃飯都有問題了，還要繳學費……現在還要我養貓……」

「你碰到的問題，也是我準備說的第二件事。」韓杰扠手抱胸，瞅著倪飛笑說：「上次太子爺答應讓你賣貨賺錢的提議，也被更高層長官否決了。」

「什麼！」倪飛怪叫：「那我太吃虧了吧！」

「但是上頭另外有補償辦法。」韓杰說：「小歸在陽世有幾個基金會，會提供你們學費和生活費，直到大學畢業為止；另外，你們知道我和朋友開健身房對吧，我那健身房現在有兩家分店，我跟朋友一人顧一間，接下來，小歸的基金會會投資我再開兩家分店，地點會選在你們兩人家附近，你們平時無聊，可以來打工賺零用錢，等你們畢業之後，我會安排你們入股，健身房的收入就算是上頭給你們的工資。」

「入股的意思……是不用進店裡上班就有錢拿？」倪飛這麼問。

「是啊。」韓杰點點頭。「賠了也不用你們拿錢補，小歸會負責。」

「這倒是不錯……」倪飛思索半晌，問：「那我可以用其他方法賺錢嗎？」

「可以，只要是正當工作，你怎麼賺都是你本事。」韓杰說：「但暫時不包括在陰間做生意——神明使者在陰間經商，就算賣的是正當商品，免不了會落人口實，陰間商家會說不公平，陰間已經夠亂了，上頭不想搞出更多事。」

「哼……」倪飛一臉不服，但也沒有再說什麼。

「然後第二件任務。」韓杰指了指前陽台。「你們替自己找貓乩的時候，隨時跟我保持聯絡，順便替外頭的將軍留意一下，替他也找隻接班貓。」

「貓乩也要接班啊！」

「我們將軍很老了，之前有次大戰，腳讓惡鬼打跛了。」劉媽這麼說：「是時候退休享享清福了。」劉媽說到這裡，喊了將軍幾聲。

將軍懶洋洋地走進屋，躍入劉媽懷裡，大大打了個哈欠，舒伸爪子。

半小時後，韓杰說要帶兩人北上去自己家坐坐——韓杰家陰間房舍，是太子爺辦事處，一旁還有個東風市場老鄰居組成的支援部門，小歸晚點也會過去，韓杰想讓兩人和小歸碰個面。

倪飛一聽能見到偶像小歸，激動地全身發抖，向劉媽討紙筆，說要請小歸簽名。

姜洛熙倒是沒什麼感覺，只望著將軍發愣，也不知想些什麼。

韓杰要兩人先上車等著，稱自己還有話要對劉媽說。

劉媽望著姜洛熙和倪飛穿鞋出門時的背影，喃喃說：「你說他們一個是修道奇才、一個是極陰之身？」

「妳感覺得出來哪個是極陰之身嗎？」

「當然是倪飛，他一靠近將軍，將軍就炸毛。」劉媽輕輕撫著將軍後背。「你剛剛是不是說了謊？上頭不可能給那小子蓮藕身吧。」

「一半一半……」韓杰說：「太子爺還在努力替他爭取，但爭取歸爭取，就連太子爺自己也仍在猶豫。」

「那貓乩呢？」劉媽問：「把貓乩養在極陰之身旁，不會出問題？」

「就是怕出問題，所以才要他們養貓乩。」韓杰這麼說。

「懂了。」劉媽點點頭，說：「保護他們，同時也監視他們。」

「是啊。」

「如果他倆真出問題的話，是不是你負責收拾爛攤子？」

「當然。」

「你怎麼收拾？像處理陳七殺那樣處理他們？」

「……」韓杰沉默半晌，說：「真有那麼一天的話再說吧。」

《神選中的少年，鬼養大的孩子》全篇完

後記

今年花費許多時間心力在搬家、整理、布置上頭。

這些年時常會想，如果十年前就買房，現在肯定輕鬆許多；或是如果當時這麼做的話，肯定會比現在更好……只是想歸想，發生的事就是發生了，沒做的事就是沒做，生活中的每一天、每件事，都不會因為事後後悔而改變。

話說在《乩身》第一部裡，韓杰初登場時就已經是老鳥了，甚至已近退休，因此當故事進入第二部時，我想從兩位接班人的少年時期切入故事。

寫兩位小朋友的成長過程、寫他們漸漸長大時，面對誘惑時的心境。

他們與韓杰不同之處，在於他們並非戴罪之人，他們擔任乩身，更像是一種工作、一種交易，而非贖罪，因此比起韓杰，他們擁有更大的「人生選擇權」。

其實我和大家一樣好奇，千年難遇的修道仙身和千年難遇的極陰之身，在面對利益、誘惑、仇恨時，會做出什麼樣的抉擇，我目前還沒有答案，只能借用韓杰的話——

真寫到那一步時，自然就有答案了。

2022/11/15 於桃園龜山　星子

國家圖書館出版品預行編目資料

乩身. 二 : 神選中的少年,鬼養大的孩子/星子(teensy)著. --
初版. --臺北市 : 蓋亞文化有限公司, 2023.02
面； 公分. -- (星子故事書房 ; TS032)

ISBN 978-986-319-738-6 (第1冊 : 平裝)

863.57 111021620

星子故事書房 TS032

乩身 II ❶ 神選中的少年，鬼養大的孩子

作　　者　星子
封面插畫　布克
封面裝幀　莊謹銘
總 編 輯　沈育如
發 行 人　陳常智
出 版 社　蓋亞文化有限公司
地址：台北市103大同區承德路二段75巷35號
電話：02-2558-5438　　傳真：02-2558-5439
電子信箱：gaea@gaeabooks.com.tw
投稿信箱：editor@gaeabooks.com.tw
郵撥帳號 19769541　戶名：蓋亞文化有限公司
法律顧問　宇達經貿法律事務所
總 經 銷　聯合發行股份有限公司
地址：新北市新店區寶橋路二三五巷六弄六號二樓
電話：02-2917-8022　　傳真：02-2915-6275
港澳地區　一代匯集
地址：九龍旺角塘尾道64號龍駒企業大廈10樓B&D室
電話：+852-2783-8102　　傳真：+852-2396-0050
初版一刷　2023年02月
定　　價　新台幣299元
Published and printed in Taiwan

ISBN / 978-986-319-738-6

GAEA

GAEA